関ヶ原よりも熱く

天下分け目の小牧・長久手

白蔵盈太
SHIROKURA Eita

JN066892

文芸社文庫

はじめに

なーにが「天下分け目の関ケ原」だ。

関ケ原の戦いよりもずっと前に、天下はとっくに決まっていたじゃないか。

そんな思いが、私の中にずっとある。


関ケ原の戦いが、全国の大名を巻き込む日本最大の合戦であったことは否定しない。

だが、あれは断じて「誰が天下人になるかを決める戦い」などではない。豊臣家の天下が決まったあとの、ただの豊臣家の内部抗争だ。しかも戦ったのは経験・人望に優れた百戦錬磨の徳川家康と、管理の仕事しか知らぬ石田三成だ。戦う前から勝負は見えている。それで私は、どうにもこの戦いには心が沸き立たないのだ。


では、真に心を熱くする「誰が天下人になるかを決める戦い」はどれなのか。

それが、本作で描こうとしている小牧・長久手の戦いである。

この合戦の何が凄いかというと、まず対戦カードが「豊臣秀吉 対 徳川家康」である。

こんなにも豪華な顔ぶれの戦いは他にはない。

秀吉と家康の直接対決は、この時が最初で最後だ。つまりこの小牧・長久手の戦いは、二人の天下人がガチンコで殴り合った唯一のドリームマッチなのだ。そしてこの戦いを経て、豊臣秀吉は天下人に向かって大きく前進する。

しかも関ケ原と違って、この時の秀吉と家康は実力が拮抗していて、どちらが勝ってもまったくおかしくはなかった。当時の二人はまだ四十代。武将として脂の乗りきった、全盛期の秀吉と家康が互いの命運を賭けて知略の限りを尽くしたこの戦いは、最後まで情勢が二転三転し、関ケ原の戦いなんかよりも間違いなく熱い。

それなのに、小牧・長久手の戦いの知名度はおそろしく低いのである。

戦国時代の有名な合戦といえば、川中島、長篠、桶狭間などの名がまっさきに思い浮かぶが、これらの戦いなんて、しょせんはどれも一地方の局地戦にすぎない。それよりもずっと重要で面白い小牧・長久手の不遇っぷりには正直、怒りすら感じる。

だから私は決意した。小牧・長久手の戦いを書こうと。

関ケ原よりも熱くたぎるこの戦いを、一人でも多くの人に知ってもらうために。

目次

言葉の横についている数字、（注1）などは、巻末の用語解説の符号です。

主な登場人物

徳川家康《とくがわいえやす》　秀吉の死後、豊臣家を倒して徳川幕府を開く天下人。

羽柴秀吉《はしばひでよし》　農民の子から成り上がった天下人。のちに朝廷から豊臣の姓を賜る。

酒井忠次《さかいただつぐ》　徳川家康に幼い頃から付き従っている、徳川家の筆頭家老。

石川数正《いしかわかずまさ》　徳川家康に幼い頃から付き従っている、徳川家の二番家老。

本多忠勝《ほんだただかつ》　忠義に厚い、徳川家で一番の猛将。

黒田官兵衛《くろだかんべえ》　秀吉の知恵袋。官兵衛は通称で名前は孝高《よしたか》。のちに如水《じょすい》と号した。

織田信雄《おだのぶかつ》　織田信長《おだのぶなが》の次男。北畠《きたばたけ》家に養子に出ており北畠信意《のぶおき》とも。

織田信孝《おだのぶたか》　織田信長の三男。神戸《かんべ》家に養子に出ており神戸信孝《のぶたか》とも。

羽柴秀勝《はしばひでかつ》　織田信長の四男。子のいない秀吉が養子として迎え入れる。

三法師《さんほうし》　織田信長の孫。信長の長男、信忠《のぶただ》の子。

柴田勝家《しばたかついえ》　織田家の筆頭家老。

池田恒興《いけだつねおき》　織田家の宿老のひとり。

一．本能寺の変　――徳川家康の独白

信長様が、死んだ。

茶屋四郎次郎《ちゃやしろうじろう》が最初にその急報を届けに来た時、私は「何を言っている四郎次郎」と笑った。

冗談だと思った。いや、冗談だと思いたかっただけなのかもしれない。

「いえ。虚報ではございませぬ家康様。信頼できる筋から、いくつも同じ報せが届いております。京の町はもはや混乱の極みであるとのこと」

「ははは。戯言はよせ。信長様には明智光秀《あけちみつひで》殿の軍がついておる。一万以上の兵がお守りしているのに、いったいどこの大名が信長様を討てるというのだ」

「その、明智光秀様の、ご謀反にございります！」

「……な⁉」

馬鹿を言うな。明智殿とはつい半月ほど前に安土城で会ったばかりだ。その時は謀反を起こすような素振りなど、ひとつも見えなかったぞ――

そんなことを四郎次郎に向かって言いながら、私は同時に、こりゃあ信長様が死んだのは間違いないな、という奇妙な確信も抱いていた。


変事は、いつも冗談のような唐突さでひょっこり飛び込んでくる。

私の父は、私が七歳の時に二十四歳の若さで何の前ぶれもなく急死した。私が十八歳の時には、当時の私の庇護者だった今川義元《いまがわよしもと》殿が、桶狭間の戦いで信長様に討たれてあっさりと命を落とした。

私にとって、近しい人間がいきなり死ぬことはこれで三度目だ。

「ああ、あの時と同じか」という強烈な既視感が、信長様が死んだことを私に冷たく宣告してくる。そのあとに続いてやってきたのは「またあれか」といううげっそりした絶望感だった。もう二度と味わいたくないと思っていた、あの感覚。

父が急死した時も義元殿が討死した時も衝撃だったが、信長様が死んだいまの絶望はその比ではない。体がこわばってしばらく身動きが取れなかった。この世が崩れ落ちるような、と言い表せば一番近いだろうか。

「わけが……わからぬ。どうして……なぜ……」

思わず、虚ろな目で周囲を見回した。

だが、私の周囲を取り囲んだ家臣たちも皆、同じような呆けた顔をして私の顔を見つめている。誰一人として頼りになりそうな人間はいなかった。

私にとって信長様は、あまりの薄情さに殺してやりたいと何度も思った憎き男である。だが信長様はそれと同時に、自分が何ひとつ持っていないものをすべて持ち合わせた、恋焦がれるような憧れの存在でもあった。

信長様の勝手な思惑に翻弄されて、私が死にかけたことは数度ではきかない。その一方で、信長様が自信満々に語る将来構想の途方もなさに、震えるほどの興奮を覚えた回数も数えきれない。

このよくわからない、矛盾した感情を言葉で言い表すとすれば「愛憎半ばする」というものなのだろう。ただ、その「愛」も「憎」も、両方が飛びぬけて巨大なところが信長様の信長様たるゆえんだ。私自身の思いなどまるっきり無視して、私の人生に平気で土足でずかずかと割り込んできて、人生のかなりの部分を勝手に占拠している。信長様はそんな存在だった。

その信長様が、明智光秀殿の裏切りに遭って死んだ。

真っ先に思った。私も死のうと。

「介錯せぇ忠次。私はここで死ぬ」

「え？　な、何をおっしゃいますか殿！」

いきなり脇差をすらりと抜きはなった私を、筆頭家老の酒井忠次が泡を食って止めにかかった。他の家来たちも慌てて駆け寄り、私の周りを取り囲む。

「離せ忠次！　離さんか無礼者ッ！」

「なりませぬ！　なぜ殿が、信長様のために追い腹を切らねばならぬのです！」

「うるさい！　切ると言ったら切るッ！　私は腹を切るんじゃァ！」

止めようとする忠次も必死だ。

それはそうだろう。我が徳川家にとって、織田家はただの同盟相手にすぎない。その織田家の当主が死んで、なぜ徳川家の当主があとを追わねばならないのか。まったく意味がわからない。

「殿は信長様の家臣ではございませぬ。あくまで同格の国主でございましょうぞ！そこまでして、織田に尻尾を振る義理などありませぬぞ！」

「黙れ！　そういう問題ではないのじゃ！」

いまになって思うと、なんであの時の私は頑なに死のうとしたのか、自分でもよくわからない。だが、この時の私は本気だった。

「では、どういう問題なのでございますか！」

意味不明なことを口走り続ける私に、忠次の語気も思わず荒くなる。私は私で、体の芯から突き上げてくるわけのわからない衝動に駆られて、思わず叫んだ。

「だって……つまらぬのじゃ！　信長様のおらぬ世に生きていても、つまらぬッ！」

「……なんですと？」

脇差を持つ私の手を抱え込んだ忠次も、取り押さえようと手を伸ばした周囲の家臣たちも、思わず唖然として互いに顔を見合わせた。

「私は、信長様の後ろについていきたかった！　その先が見たかったんじゃぁ！」

ぽろっと口をついて出た、考えなしのひと言。

その言葉で、私は自分でも理解できていなかった自分の本音に気づいた。そして一度それに気づいてしまったら、もう止まらなかった。

ぶわっと涙があふれ、信長様という大きな背中を失った悲しみに、私は恥も外聞も忘れてわんわん泣いた。その隙を突いてすかさず忠次が私の手首を打ち、握っていた脇差を叩き落とす。

「殿、お気を確かに！　信長様のことはもう諦めなされ。あなた様は徳川家の当主。ここは何より、信長様亡きあとの徳川の家をどう守るかだけを考えるべきにございます」

そんなことを言われても、ちっとも心に響いてこない。

「……もうよい。もう何もかもが、どうでもよくなった」

「殿ッ！」

「信長様が、どこまで偉大な存在になるのか。私はそれが見たかった……」

気づけばもう、死ぬ気はなくなっていた。

偽らざる本音を大声でわめき散らしたことで、ようやく少しだけ心の整理がついた。

するとその時、私の前に巨大な人影がぬっと立ちはだかった。

影の主は、家中いちの剛の者である本多忠勝だ。忠勝は黙ったまま無遠慮に歩み寄ってきて、額と額がつくほどに顔を近づけて、じっと私の目を見つめた。

忠勝の顔は、仁王像のように目がぎょろりとしていて迫力がある。

こいつは私より五歳も年下のくせに、昔から主君である私のことを毛ほども敬おうとしない。しばらく無言で私を睨みつけたあと、まるで町のごろつきが喧嘩を売るような声で私を一喝した。

「ならば、信長様の仇を討つべきじゃろうが！　いま死んでどうする、殿ッ！」

忠勝は本当に腹立たしい、くそ生意気な奴だ。

この男は私に意見を言う時、この世のすべての正義を自分一人が背負っているかのような、何ひとつ迷いのない澄みきった顔をする。「この正しい意見が気に食わぬならいますぐ殺せ」と開き直ってくるから、実にたちが悪い。

忠勝の言葉を、そのとおりだと素直に認めてやる気にはなれず、私は吐き捨てるように言った。

「……んなこた、お主に言われんでもわかっとるわ。黙っとれ！」

たわけ者が。いつも正論を振りかざして真正面からぶん殴ってきおって。

何事もお主の考えているように、そうそう単純に正論だけで片が付いてたまるかい。真っすぐだけでこの乱世を生きていけると思うなよ忠勝――

ただ、呆然自失して心が萎えていたこの時の私にとっては、優しく労わられるよりもよっぽど、生意気な言葉で乱暴に尻を叩かれたほうが気力が湧いた。

「もうよい。目が覚めた。死ぬのはやめじゃ。国に帰るぞ」

私は家臣たちの手を邪魔そうに振り払うと、素早く立ち上がって手の甲で涙をぬぐい、乱れた襟を整えた。

「道中には間違いなく、明智軍が我々を討ち取ろうと待ち構えているであろうな。落ち武者狩りも横行しておるはず」

いま私は、完全に無防備な状態で堺の町に取り残されている。

私は少し前に、武田《たけだ》家討伐の際の功績を認められ、信長様から駿河国（静岡県）の領有を認められた。そのお礼として安土城を訪問して信長様に拝謁し、そのあとは信長様の薦めで京に行き、そのまま堺まで足を延ばして物見遊山の最中だった。

そんな平和な旅だったので、私が連れていたのは徳川家の中枢ともいえる三十名ほどの重臣たちだけだ。甲冑も身に着けず護衛の兵もろくに引き連れていない状態で、果たして戦火くすぶる畿内を無事に脱出することなどできるのだろうか。

「だが、なんとしても国に帰らねばならぬ。そして軍勢を連れて京に戻り、絶対に信長様の仇を討つのじゃ」

私が力強くそう宣言すると、家臣たちは心をひとつにして「おう」と答えた。


次の問題は、いったいどうやって三河まで帰るかだ。

茶屋四郎次郎は堺から船を出し、紀伊半島をぐるりと回って海路を行くことを勧めてきた。だが紀伊沖は古来、潮の流れが速く船の難所として有名であり、海賊も横行している。私はどうにも気乗りがしなかった。

すると、配下の服部半蔵《はっとりはんぞう》が進み出て意見を述べた。

「殿、ここは陸路をゆくべきです」

「しかし、光秀殿が近江（滋賀県）を押さえているゆえ、東海道は使えぬぞ半蔵。どうやって三河までたどり着くのだ」

私が尋ねると、半蔵は確信に満ちた口調で答えた。

「伊賀（三重県）の山中を越えます。それで伊勢（三重県）まで着いてしまえば、あとは海路を進めば三河はすぐです。伊賀は拙者の故郷ゆえ、先達《せんだつ》はお任せあれ。行く先々の土豪どもに拙者が話をつけて、殿には指一本触れさせませぬ」

「おお。頼もしい言葉じゃ。任せたぞ半蔵！」

服部半蔵の言葉は力強かったが、実際にはその後の四日間の旅で、私は何度も生死の瀬戸際に立つ羽目になった。早くも本能寺の変を聞きつけた土民たちが、いまこそ稼ぎ時とばかりに、はりきって織田の落ち武者狩りを始めたからだ。

我々を殺して首を明智軍に差し出せば、それだけで一生遊んで暮らせるほどの大金が手に入る。戦う覚悟がない者は、我々がどの方角に向かったのかを明智軍に知らせに行くだけでもいい。褒美がもらえて、いい小遣い稼ぎになる。

我々一行は人目を忍んで東を目指したが、その移動は苦難に満ちたものだった。

草木がほんの少し風で音を立てただけでも、すわ敵かと慌てて道の脇の草むらに隠れた。そうなると、周囲の安全の確認が取れるまでは一歩も動けない。早く帰って信長様の敵討ちの準備をしたいのに、気持ちだけが焦って実にもどかしい。

時には、竹槍を構えた土民どもや明智軍の追っ手と戦うこともあったが、そこはさすがに徳川家の屋台骨を担う選り抜きの重臣たちである。鎧兜も槍鉄砲もほとんどないというのに、本多忠勝ら万夫不当の剛の者たちが死闘を繰り広げ、最後まで私の身を守ってくれた。この道中で彼らが斬って捨てた人数は、おそらく二百は下らないはずだ。

そして私はついに、藪に引っかかってボロボロに裂けた泥だらけの服で、命からがら三河の岡崎城に帰り着いたのだった。途中まで一緒だった武田家元家臣の穴山梅雪《あなやまばいせつ》殿は、我々に疑念を抱いて別行動をとった結果、落ち武者狩りに遭って命を落としたという。

まさに、生きるか死ぬかは紙一重。だが、それでも私は生き残った。

天が、信長様の仇を討てと私に命じている。その時の私は本気でそう思った。

のちの世で「本能寺の変」と呼ばれた信長様の死が、六月二日の夜明け前のこと。

私がその知らせを受け取ったのはその日の夕方で、すぐさま堺を出発して伊賀の山中を越え、本拠地の岡崎城にたどり着いたのが五日である。

私は城に入るや否や、すぐさま出陣の支度をするよう家臣たちに命じ、そしてそのまま倒れ込むように眠りに落ちた。三日ぶりのまともな睡眠だった。

翌日は湯浴みをして、泥だらけだった体を清めた。仏の前に手を合わせ、信長様の弔い合戦に向けた自分の決意を新たにする。

「厭離穢土《おんりえど》、欣求浄土《ごんぐじょうど》。厭離穢土、欣求浄土――」

頭をからっぽにして、この文句を何度も何度もくり返し唱えた。

この言葉は、かつて桶狭間の戦いの直後、この先どうしたらよいかわからず先祖の墓前で途方に暮れていた私に、大樹寺の住職が教えてくれたものだ。

穢れたこの世を厭《いと》い、浄土を求めよ。くだらぬこの世にこだわるな、死は恐ろしいものではない。ただひたすらに、浄土を求めよ――

この言葉を何度も唱えていると、この世のすべてがだんだん馬鹿々々しくなってきて、開き直った心境になれるのだ。気に入った私はこれを自分の旗印にした。戦の前には念仏のように延々と唱えて、己の恐怖心を打ち払うのが私の習慣だ。

信長様のいない、くだらない世界。

こんな世界にしがみついたところでなんの意味もない。死ぬ気でいくぞ――

軍勢を集めて出陣の準備を整えるのに十日ほどを要し、私は六月十五日に岡崎城を出発し、東海道を京に向かった。

相手は、あの戦巧者《いくさこうしゃ》の明智光秀殿だ。勝てるかどうかはわからない。いや、正直言って勝てない可能性のほうがずっと高い。

光秀殿の手持ちの兵数は、おそらく一万三千はくだらない。それに対して、私は領国の守りの兵を残さなければならないので、連れていける兵力は五千が精一杯だ。

万事に手抜かりがなく、弁舌に長けた光秀殿のことだから、信長様を討った直後にはもう周囲の諸大名に手を回し、自分の仲間に引き込んでいるに違いない。丹後（京都府）の細川藤孝《ほそかわふじたか》殿や、大和（奈良県）の筒井《つつい》順慶《じゅんけい》殿などは縁が深いので間違いなく明智方につくだろうし、そうなると敵の数は三万か、あるいは四万か。果たしてどれくらいまで膨れあがるのか、まったく見当がつかなかった。


行軍の途中、家老の石川数正が私のそばに馬を寄せてきた。

数正と私の付き合いは長い。物心ついた頃から数正はずっと私の傍にいて、今川家に人質として預けられていた時も一緒だった。

生真面目な数正は、いつも十分すぎるほどに自分で熟慮してから私のところに話を持ち込んでくる。この時も、眉間に皺を寄せた深刻そうな表情を見ただけで、数正がだいぶ悩んだ末に私のところに来たのだとすぐにわかった。

数正はその後もキョロキョロと落ち着きなく目を泳がせ、何度も躊躇した挙句、おそるおそる私に声をかけてきた。

「家康様」

「なんだ」

「……よろしいのですか？」

それが、数正が精一杯言葉を選んで絞り出した渾身のひと言だ。その短い言葉だけで、私は数正の意を読み取った。

数正は徳川家の外交を一手に担う立場におり、それだけに、いつも冷静に現実をよく見ている。数正は「このまま戦いに行っても犬死ですが、それでもよろしいのですか？」と言いたいのだ。

数正の思いはよくわかっていたが、私はわざと「何がだ？」としらを切った。

少々棘のある私の口調ですべてを察したか、数正は次の言葉を飲み込んだ。だがその表情は明らかに不服そうだ。しばらく黙って考え込んだあと、再び意を決したように口を開き、ぽつぽつと自分の意見を述べ始める。

「せめて、越前（福井県）の柴田勝家殿と合流をするまでは、岐阜のあたりに留まって様子を見られてはいかがでしょう」

「待てぬ。勝家殿は上杉家《うえすぎ》と対峙していて、うかつに背後を見せたらすぐに喰らいつかれる。上杉も、織田を討つこんな絶好の機会をむざむざ見逃すことはあるまい。勝家殿が今すぐ畿内に戻ってくることは、まず望み薄じゃ」

「……」

強力な明智軍と単独で戦うことは難しい。だから織田家の他の宿老たちと共闘することは、私も真っ先に考えていた。

中でも、柴田勝家殿は宿老連中の中で一番の年長者で、先代の信秀《のぶひで》様の頃から仕える筆頭家老であり、共に戦う相手としてはもっともふさわしい。騎馬突撃の名手で「かかれ柴田」の異名を取った柴田殿の勇猛さは、還暦を迎えたいまなおまったく衰えていない。そんな彼と共に戦うことができれば、これほど心強いことはなかった。

だが、柴田殿はここにはいない。

彼は北陸方面軍の総大将として越前に進出して越後（新潟県）の上杉家とにらみ合っている最中で、釘付けされてその場から動けないのだ。

数正は深いため息をひとつ吐くと、やれやれといった調子で言った。

「では、摂津（大阪府）の丹羽長秀《にわながひで》殿と、信孝様は」

「あそこは、信長様が討たれた時に、兵たちが動揺してあっという間に逃げ散ってしまったというではないか。まったく、信孝様は賢いお方だが、こういうところの詰めが甘い」

「いや、さすがにそれは……とにかく、運が悪すぎましたな」

「運が悪かったなどという言い訳が戦場で通用するか。いずれにせよ、兵を失った大将に用などないわ」

「お気の毒でございますが、まぁ、たしかに殿の仰るとおりですな。せっかく京に近いところにいたというのに、実に惜しい」

信長様の三男の信孝様は、二番家老の丹羽長秀殿と共に住吉にいた。四国の長宗我部元親《ちょうそかべもとちか》を討つために、そこで兵を集めて海を渡る準備をしていたのだが、せっかく集めた兵たちは本能寺の変を知ると、ほとんど逃げ散ってしまった。たまたま二人揃って接待で陣を離れていたところに変報が届いたため、恐慌状態に陥った兵たちを誰も鎮めることができなかったのだ。この体たらくでは、とても共闘どころではない。

「滝川一益《たきがわかずます》殿もはるか彼方の上野《こうずけ》（群馬県）におられるし、まったく、光秀殿は状況をよく見ていたものじゃ」

「まことですな。全国の大名たちを斬り従えるため、織田の宿老たちは各地に散っていて、気がつけば信長様の周りには光秀殿以外、誰もいなくなっておりました。それにしても、まさか信長様にあれほど忠実だった、あの光秀殿が裏切るとは――」

そう言って数正はがっくりと肩を落とした。

我々は謀反の約半月前に、安土城で明智光秀殿から手厚い饗応を受けたばかりだった。光秀殿はいつもと同じように感じよく応対してくれて、豊富な話題で宴席を愉快なものにしてくれた。あの時に彼が見せた、優しい態度や親しみのある笑顔がすべて嘘だったのかと思うと心底げっそりする。私は遠い目をして言った。

「光秀殿も、ふと気づいてしまったのだろうよ」

「気づいてしまった？」

「ああ。いまここで信長様を討ち取っても、誰も京に戻ってこれぬと」

「……」

「そのことに気づきさえしなければ、何も起こらなかったのだ。各地に散らばった織田の宿老たちは、すぐには京には戻ってこれない。その間に味方を集められれば十分に勝算はある――幸か不幸かそのことに気づいてしまったばかりに、あの聡明な御仁が魔に取り憑かれた」

信長様が討たれたと聞いた日以来、なぜ光秀殿がこんな馬鹿なことをしたのか、私はずっと考え続けてきた。

魔に取り憑かれた。

それが、考え抜いた末に至った、私なりの結論だ。

「型破りな信長様と、実直で礼節を重んじる光秀殿はたしかに水と油じゃった。だが、ぶつかり合いながらも心の奥底で、あのお二人は互いを認め合っていた」

「それなのに、なぜ明智殿は――」

「そんなもの、私にわかるわけがあるまい。その状況に置かれた光秀殿でなければ、真の気持ちはうかがい知れぬよ。ただ、仮に自分がその立場に立ったとして、果たして私も光秀殿と同じ思いを抱いたかどうか」

「……想像も、つきませぬな」

数正は遠くの山をぼんやり眺めながら、呻くようにそうつぶやいた。その目は深い悲しみを湛えている。

「これまで信長様が成し遂げてきたもの。そのために流してきた数多の血。敗れ去った者たちの恨みや憎しみ。それらすべてが己の肩にそのまま乗ってくるのだぞ。私はとても、そんな重荷には耐えられぬ」

「……」

「だが、自分なら耐えられると光秀殿は思ったのであろう」

「……いま、光秀殿はどんな心持ちでおられるのでしょうか」

数正も私も、そのまま黙りこくってしまった。

憎き信長様の仇ではあるが、私と数正は光秀殿とは古くからのよき知人だ。信長様と連絡を取る場合には、織田家の内向きの案件を一手に受け持っていた光秀殿が取次役を務めることが多かったためだ。あの実直で人当たりのよい光秀殿と戦うのは、正直言って気が進まない。

光秀殿、どうして――

馬を並べながら、数正と私の間に重苦しい空気が流れた。


しばらくの沈黙のあと、憂鬱な話題を切り替えるように、数正がふと思い出したような態で明るく言った。

「それでは殿、中国で毛利《もうり》攻めをしている、羽柴秀吉殿はいかがでしょうか」

私は即答した。これには迷いはない。

「秀吉とは、組む気はない」

私の答えに数正は不服そうな顔をした。

「な、なぜにござりますか。秀吉殿は織田家の宿老の中でも随一のやり手で、いまや率いておられる兵も一番多いではござりませぬか」

「そんなことはどうでもよい。あんな奴、信長様の後ろにぶら下がっているだけの、ただの腰巾着じゃ。それに、奴も柴田殿と同じで毛利家とにらみ合っている最中だろうから、そうそう簡単に京に戻ってはこれぬわ」

強引にそんな理由をつけてはいたが、もし秀吉が京の近所をうろうろしていたとしても、私はきっと秀吉との共闘を最後まで渋っただろう。

幼い頃からずっと私に付き従っている数正は、私の心中をすっかり見透かして、やれやれといった風情で言った。

「殿は昔からいつも、秀吉殿にはやけに冷たいですな」

「そんなことはない」

「いいえ、明らかに冷たいです。なぜそこまで秀吉殿をお嫌いになるのですか」

責めるような数正の口ぶりに、私の返事もつい苛ついたものになる。

「嫌っておらぬと言っておろうが。そもそも、私は秀吉と話をしたことなどほとんどないのじゃぞ」

「一度でもちゃんとお会いしてゆっくり話をすれば、人を笑わせるのがお上手で、人懐っこくとても愉快な方でございますぞ。天性の人たらしとは、まさにあのような方を言うのでありましょうな。あれほどに非凡なお方を卑賤の家来の中から見つけだしてしまうのですから、信長様の慧眼はさすがでございました」

数正はその仕事柄、織田家にも日頃からよく出入りしており、織田家の家臣たちの人となりについては私よりよほど詳しい。

そんな数正がすっかり秀吉びいきになっていることに、私はわけもなく苛立ちを覚えていた。秀吉の奴に騙されていることになぜ気づかかぬ、何が人たらしだ、あいつほど信用のおけぬ男がおるかという思いが、その根底にはある。

そこで私はふと、なぜ自分が秀吉を好きになれないのか、自分でもいままでよくわかっていなかった理由に気がついた。

「……あいつは、目が笑っておらぬ」

「はあ？」

「目が笑っていないのじゃ。お主は気づかぬのか？」

「さて……？　そうでござりましょうか？」

数正がまったくそう感じていないことを知り、秀吉のそういうところが嫌なんだ、と私はますますうんざりした。

秀吉にとって、徳川家の家臣にすぎない数正は自分の競争相手にはなり得ない。だから秀吉は、数正に対してはむしろ感じよく対応するのだ。だが私は信長様の同盟者であり、秀吉は信長様の直臣である。信長様という大きな傘の下に直接ぶら下がっているという意味で、私と秀吉は同じ立ち位置にいる。だからこそ、競争相手になりうる私に対して、秀吉はどこか油断ならない態度を取るのだと思う。

生まれながらの天性の人たらしならば、そんなふうに相手によって態度を変えるような了見の狭い真似はしないだろう。要するに奴は、自分の利のために訓練で身につけた、技能としての人たらしなのだ。そんな嫌らしさが鼻につくので、私は昔からどうにも秀吉が好きになれない。

「とにかく、私は奴と組むのは気が進まぬ。状況によってはやむを得ず共に戦うこともあろうが、自分から進んで働きかけることはない」

「ですがこの際、そんなことを言ってもいられますまい。味方になりそうな方には選り好みせずどんどん声をかけていかねば、この戦には勝てませぬぞ」

私は、数正の言葉を遮るようにして、面倒くさそうに答えた。

「勝てなかったら単にそれまでのこと。信長様の死を知った時に切らなかった腹を、少し遅れて切るというだけのことだ」

実際、私は心の底からそう思っていた。

信長様の仇を取りたいという強い思いはある。でも、だからといって勝ったところで何になるというのか。そんな虚しさが、ずっと私の心の片隅にわだかまっている。

むしろ光秀殿に負けて腹を切るほうが、これから先の退屈きわまりない世を見続けなくてもよいのだから最高ではないか、なんてことすら、その時の私は考えていた。

ところが、鳴海まで進軍した私を待ち受けていたのは、最悪の知らせだった。

明智光秀、羽柴秀吉と山崎で戦って敗死。首を四条河原に晒される――

「はあ⁉　わけがわからん！　どういうことじゃ！」

「秀吉殿は毛利攻めの最中じゃろう！　なぜ京に戻っている⁉」

「あの明智殿がたった一戦で敗れるなど、ありえぬぞ！」

早馬が届くや、幔幕の中は狼狽した家臣たちの怒号と罵声であふれた。

私も最初は頭が真っ白になり、しばらく何も考えられなかった。ある意味、本能寺で信長様が死んだと聞いた時よりも衝撃は大きかったかもしれない。

なんだ、それは――

信長様が死んだ時は頭がカッとなって、即座に死のうと思った。悲しみと怒りと、色々な感情が一気に頭の中にあふれたが、その根底にあったのは突き上げるような衝動だ。とにかく何かをしていなければ心が保てなかった。

そしてそれは、不思議な高揚感を伴うものだった。どことなく浮き浮きしている自分自身に気づき、こんな時になんと不謹慎なのだと、時々ふと我に返ったりもした。

だがいまは、同じように頭がカッとなって、悲しみも怒りも湧いてきてはいるものの、肝心なものが欠けていた。

意欲――何かをやってやろうという、自分を突き動かす情熱。

私はただぐったりと、床几《しょうぎ》にすべての体重を預けた。何もする気が起きない。

意味がわからぬ。なんなんだいったい。なんなんだこれは。

私は信長様のあとを追って死ぬことができなかったばかりか、信長様の仇を討つことすらできなかった。せめて明智殿と一戦でも交えることができていれば、多少は自分の気持ちの持っていきどころもあったろう。しかし私はその戦場にたどり着くことすら許されず、弔い合戦はあっさりと終わってしまった。

気がつけば、ガリガリと爪を噛んでいた。

これは幼少の頃からちっとも治らない私の癖だ。苛立つと無意識のうちに指が口元にいき、深爪になって血が出ようが一向に止まることはない。

「秀吉……秀吉ィ……あの猿め、やりおったな。いったい、どんな手を打った……」

呪詛の言葉を吐いたところで、もう結果は変わらない。信長様の仇を討ったのは、あのいけ好かない羽柴秀吉。そして結局、私は何もできなかった。


この先、私の目の前に待っているのはなんだ。

退屈きわまりない、灰色の世界。

信長様のいない世界。

そんなつまらぬものを見るために、私は生きているのではないのだ。

二．清洲会議　――羽柴秀吉の独白

黒田官兵衛の奴には、人として大切な何かが欠けている。

あいつと話をするたびに、儂はいつもそう思う。信長様が本能寺で死んだという急報が入ってきた時、横に座っていた官兵衛が吐いた言葉を、儂はいまでも忘れることができない。

儂はその時、あまりの衝撃と恐怖で、砂浜に打ち上げられたくらげのようにぶるぶると震えていた。だが官兵衛の奴は、そんな儂に向かって事もなげに言ったのだ。

「これで、殿の運が開ける時が来ましたな。よくよくお考えくださりませ」

「な……」

官兵衛は、儂にとっての知恵袋のような男だ。

七年前に官兵衛と初めて出会った時、ほんの少し話をしただけで、この男がものすごい頭の切れる人間だということはすぐにわかった。それで儂は、官兵衛が仕えていた小寺《こでら》家が滅ぶとすぐに、奴を我が羽柴家に迎え入れた。以後はずっと儂の参謀として傍らに置いて、常にその意見を求めている。

「信長様は、言葉では言い表せないほどの残念なことではありますが、これで世の中はわからなくなりました。この先、一歩間違えば死が待っておりましょうが、うまく進めば逆に、龍が雲を摑んで天に駆け上がるように秀吉様の御運は開けるでしょう。それゆえ――」

「……ちょ、ちょぉ待てェ官兵衛。儂はまだそこまで状況を飲み込めておらぬ」

さっさと話を先に進めようとする官兵衛を、儂は慌てて遮った。

いくら冷徹な男だとはいっても、信長様討死の報を受けた直後に、その落ち着きぶりはいかがなものか。

儂などは、悲しみと怒りと恐怖で頭の中がぐっちゃぐちゃで全然考えがまとまらないし、それが人として当たり前の反応だろう。だが官兵衛の奴は、こんな驚天動地の大事件ですら日々の雑事となんら変わらぬ調子で淡々と眺め、次に向けてさっさと頭を切り替えているのだ。

正気か、こいつ――

儂は官兵衛の人間性を疑ったが、奴の目はこの先の行く末だけを見つめ、ひとつの迷いもない。

「秀吉様はこれまで、六人いる織田家の宿老の中の一人にすぎませんでした。しかし、ここで主君の仇である明智光秀殿を討つことができれば、間違いなく宿老の中の筆頭に躍り出ます」

「いや、すまぬが官兵衛。ぶるぶる震えが止まらぬこの儂の手を見てみい。儂がいま、そんな先のことを考えられる状態に見えるか？」

情けない顔で訴える儂のことなどお構いなしに、官兵衛は粛々と言葉を続けた。

「考えられる状態でなくとも、考えて頂かねばなりませぬ。秀吉様、ここがあなた様の正念場でござりますぞ。いまここで死ぬ気で頑張らずして、いつ頑張るというのです。もはや、一刻の猶予もござりませぬぞ！」

「うぇえ……？」

信長様の死で、儂はいま尻の穴から背骨を抜かれたような状態だ。それなのに官兵衛からそんな激しい叱咤を受け、喉の奥からよくわからない呻き声が漏れた。

もともと抜群に賢い男ではあったが、信長様が死んだあとの官兵衛の智謀には、どこか神がかったものがあった。鬼気迫るその雰囲気に圧倒され、そこから先の儂はほとんど官兵衛に言われるがままだった。

それでも、官兵衛の献策はどれも的確だったので、儂がいちいち口をはさむ必要もなかったし、実際、物事はすべて官兵衛の思惑どおりに進んだ。

儂は信長様の死を隠したまま、急いで目の前の敵、毛利家との和睦をまとめた。

そして、のちの世で「中国大返し」と讃えられた早業で京に戻り、明智光秀殿を討ったのだった。光秀殿も、まさか儂がこんなにも早く遠征先から戻ってくるとは予想だにしておらず、驚くほどあっけなく敗れて死んだ。

――あの知勇兼備の明智光秀殿に、儂が勝った⁉

いまだに儂は、そのことにまったく実感がない。落ち武者狩りの土民たちが持ってきた光秀殿の首を見た時も、本当にこれは現実なのかと、出てきたのは喜びの感情でも安堵感でもなく、ただ乾いた笑いだけだった。

結局それで、主君の仇を討った儂は織田家の家中で大いに株を上げた。官兵衛の言っていたとおり、儂にとって信長様の死は危機などではなく、むしろ人生最大の好機となったわけだ。

「官兵衛、次はどうすりゃええんじゃ」

儂がそう尋ねると、官兵衛の奴はにこりともせず「柴田勝家殿ですな」とだけ答えた。相変わらずの、冷たい眼をした男だ。

「そうか。して、儂は何をすればよい」

「丹羽長秀殿と池田恒興殿をつなぎ止めて、絶対に手放さないことです。まめに文を送り、できるだけ早く直にお会いなされませ。お会いになられたら、いつもの秀吉様の――おわかりですな」

「ああ。儂が一番得意なやつ――人たらしじゃな。それなら任せよ」

儂と官兵衛の会話はいつも短い。用件の勘所しか言わない。周囲の者からしたら何を話しているのかわからないことも多いだろうと思う。だが、儂と官兵衛の間では、それだけのやりとりで十分に事足りている。

いま官兵衛の頭を占めているのは、儂の地位を織田家の筆頭家老に押し上げることだ。信長様が亡くなるまで、それは夢のまた夢だった。

儂は信長様に才を認められて、六人いる織田家の宿老の一人に列せられるまでに出世した。なんの後ろ楯も持たぬ、ただの百姓の子がこれほどの地位を勝ち取ったというだけで、正直言ってもう十分すぎるほどの奇跡だ。

ただ、儂の出世もこれで打ち止めだった。

ここから先は、己の力ではどうしようもない家柄の壁が立ちはだかっている。ほとんど出自にこだわらない信長様であっても、何代にもわたって織田家に仕えている譜代衆は別格であって、どう逆立ちしても儂は、筆頭家老の柴田勝家殿と二番家老の丹羽長秀殿を超えることはできない。だからこそ儂もかつて、この二人には徹底的にゴマを揺《す》っておくべきだと考え、「尊敬する」お二人の名字から一文字ずつを頂戴して「羽柴」なる珍妙な苗字に改名までしたのだ。

ところが、信長様が横死し、儂がその仇を討ったことで状況は一変した。織田家の者であれば、明智光秀殿の優秀さは誰もがよく知るところだ。そんな光秀殿を戦で破るという離れ業を成し遂げたことで、儂は大いに株を上げた。それで、いままでは絵空事でしかなかった織田家筆頭家老の座が、やにわに現実味を帯びて目の前に転がり込んできたのである。

あまりの速い展開についていくので精一杯な儂を置きざりにして、官兵衛の奴は光秀殿の負けがほぼ確実になるや否や、さっさと頭を次に切り替えていた。

ひたすらに将来を見据える官兵衛にとって、もはや光秀殿を倒したことなど、終わってしまった単なる通過点のひとつにすぎないのだった。儂にしてみれば踊り出したくなるような快挙でも、官兵衛の奴にとっては、そんな「過程」ごときに一喜一憂している暇などないということらしい。

官兵衛が、まるでその日の予定を伝える小姓のように、儂がこれから直面するであろう状況を淡々と伝える。

「信長様と信忠様が親子そろって討死されたので、織田家を誰が継ぐべきか、近いうちに会合が持たれるはず。おそらくそこが、秀吉様の正念場でござります」

「なるほどな。五人の宿老が化かし合う、修羅の巷じゃな」

儂は宿老連中の顔を思い浮かべて憂鬱な気分になった。どいつもこいつも、一癖も二癖もある曲者ぞろいだ。


成り上がり者の儂を毛嫌いしている、筆頭家老の柴田勝家殿。

「織田家にとって米のように必要不可欠」と称された、二番家老の丹羽長秀殿。

勝ち馬に乗ろうと様子をうかがう、抜け目のない池田恒興殿。

甲賀の忍びの頭領で、歳の近い柴田殿とは昵懇の仲である滝川一益殿。


かつてはこの四人と私、そして明智光秀殿を加えた六人の宿老が織田家を支えていたが、光秀殿はもうこの世にはいない。

「その会合で儂が柴田殿を抑え込めば儂の運はますます開ける。じゃが、柴田殿が話し合いを牛耳るのを止められなければ、おそらく儂は――」

そう言いつつ儂は、指を伸ばして作った手刀を喉に当てて横に引く。官兵衛はそれを見て、重々しく頷いた。

「左様にござります。殿の命がつながるかどうかは、この会合次第」
儂はそこで大きくため息を吐いた。
ということは、儂はここで死ぬんだな――

そもそも儂は、信長様が死んだと聞かされた時点でもう、自分の人生は終わりだと完全に諦めていたのだ。

賤しい百姓の生まれから奇跡的な出世を遂げた儂は、周囲の怨みを買わぬよう、もう何年もの間、誰に対しても徹底的にゴマを擂って愛嬌のある男を演じてきた。

それでもなお、他の家臣からの嫉妬を受けることは避けられなかったが、そんな立場でも儂がいままで無事にやってこられたのは、ひとえに信長様が儂を評価し、守ってくださったおかげだ。出自を問わず、才ある者は誰でも重んじてくれた信長様が亡くなられたいま、織田家に自分の居場所などひとつもないことは痛いほどわかっている。

儂は諦めの混じった声でぼやいた。
「そうは言っても、正直言って儂に勝ち目はないぞ官兵衛。儂以外の家老はほぼ譜代の家臣ではないか。譜代の奴らはいつも譜代の者同士で固まって、新参者をのけ者にする。まして、成り上がりの儂の言うことなど聞くはずがない」

ところが、官兵衛の目はちっとも諦めてなどはいなかった。

むしろ、勝てて当たり前の勝負に対して、なぜそんなに悲観しているのかといった口調で、後ろ向きな儂の見方をばっさりと否定した。

「いいえ。そんなことはござりませぬぞ。まず、柴田殿と一番親しい滝川一益殿は、そもそも会合には来られませぬ」

「そうなのか？」

「滝川殿はいま上野国（群馬県）におられますが、信長様が横死されたことで関東の織田軍は大崩れとなりました。そんないま、危機に瀕した関東をほったらかしにして、悠長にこちらまで会合になどやってこられましょうか」

「しかし柴田殿は、滝川殿が揃うまで会合を待てと言うに決まっておるぞ」

「すぐに来られる見込みがあるならば待てましょう。ですが、私の見立てではおそらく関東の戦は泥沼になります」

「ほう。官兵衛はそう見るか」

「はい。何しろ、甲斐（山梨県）一国を任されていた河尻秀隆《かわじりひでたか》殿が討たれるような大混乱でござりますぞ。これまで織田に押されっぱなしだった北条《ほうじょう》家も途端に息を吹き返しましたから、いかに老練な滝川殿でも抑え込むのは難しいはず」

儂は、官兵衛が事細かに説明する情報の量に舌を巻いた。儂の知らない関東の戦況を、官兵衛は自前の情報網を駆使して実に詳細に把握していた。

「かといって、滝川殿一人のためにいつまでも織田家の跡目を決めずに置いておくわけにはいきませぬから、会合は滝川殿抜きで開かれるはず。そうなれば——」

会合の参加者は、柴田殿、丹羽殿、池田殿と儂の四人になる。

そのうち丹羽長秀殿は、うまくやれば儂の味方についてくれる可能性があった。

信長様が討たれた時、長秀殿は織田信孝様と一緒に摂津にいたが、兵たちが逃げ散ってしまって途方に暮れていた。そこに儂が大軍を率いて西から戻ってきたので、二人は渡りに船とばかりに儂の軍に合流して共に戦った。

長秀殿は、信長様から長年の薫陶を受けたせいか出自へのこだわりが薄い。この弔い合戦を通じて、儂の手腕を高く買ってくれるようになった。儂の出身の賤しさはそこまで気にしていない様子だ。

「丹羽殿を儂の味方に引き込むことができれば、二対二か」

「いえ、それだけではありませぬ秀吉様。池田恒興殿は、その時にもっとも優勢な者に味方して勝ち馬に乗ろうとする、したたかな日和見者です。最初のうちは旗幟《きし》を鮮明にせずに曖昧な態度を取るはずですが、柴田殿一人に対して丹羽殿が秀吉様の側について二対一の状況になれば、簡単にこちらに転がり込んでくることは間違いありませぬ」

「もし、池田殿も味方につけば、三対一……」

「――絵が、見えてきましたか？」

それまで儂の頭の中には、信長様が死んだから自分ももう終わりだという諦めしかなかった。そこに新たに差し込んできた希望の光に、儂は静かに震えた。

「この儂に、味方が……？」

すると官兵衛は、フフッと優しい笑みをこぼした。儂よりも十近く年若いくせに、その表情はまるで幼子を見つめる母親のようだ。

「秀吉様、あなた様はいまや、憎き主君の仇を討った織田家いちの忠臣でござりますよ。しかも倒したのは、あの誰もが認める切れ者の光秀殿。あなた様はもう、ご自分で思われている以上に、大きな存在になられているのです。味方など、そのうち黙って座っているだけで、向こうのほうからすり寄ってくるようになりましょう」

にわかには信じられなかったが、官兵衛がそう言うのであればきっとそうなのだろう。自分は大きな存在であると、儂は強引に思い込むことにした。

その後、六月二十七日に尾張（愛知県）の清洲城にて、信長様亡きあとの織田家の当主を決める会合が開かれた。

官兵衛が言っていたとおり、滝川一益殿は関東に釘付けにされ、この会合に来ることはできなかった。仮に無理をして駆けつけたとしても、一益殿は少し前に北条との戦いに敗れて、上野国の要衝である箕輪城を失っている。そんな状態で仮にのこのこと会合に出てきたところで、城を捨てて逃げ帰ってきて、よくもまあ宿老面してこの場に参加できたものですな、とチクリと嫌味を言えば、ひと言も発することはできなかっただろう。

清洲城の本丸御殿の一角、ほんの八畳ほどの小部屋に、四人の宿老が向かい合って座についた。上座には筆頭家老の柴田勝家殿が座り、その右隣に二番家老の丹羽長秀殿、左隣に池田恒興殿がつく。四人の中でもっとも若く新参者である自分は当然のように末席に入ったが、そうすると自然と柴田殿と向かい合わせに座ることになった。

それぞれの小姓たちも別室に下がらせ、部屋に四人だけになったところで、柴田殿がいきなり議論の口火を切った。

「さて。此度はあまりに急なことで皆も大変であったかと思うが、おのおの方はきちんと家中の動揺を抑え込み、よく敵の反撃を食い止めてくれた。織田家が瓦解するという最悪の事態をとりあえずは避けられたことに、まずは筆頭家老として礼を申し上げたい」

　あなたの親友である滝川殿はちっとも動揺を抑えられずに、北条に敗れて関東を失ったではないかと言いたいところだったが、こんなところで最初から無駄に喧嘩をしても仕方がない。私は黙って軽く頭を下げた。

「かくなる上は、一日も早く織田家の跡目を決めて御家を建て直さねばならぬ。歳の順でいけば、家督を継ぐのは次男の信雄様ということになるが、はてさて、皆様はいかがお考えか」

　おいおい、いきなりそう来たか――

　前置きもそこそこに、最初から柴田殿がそんなことを言いだしたので、そのあまりの露骨さに私は思わず噴き出しそうになった。

　本能寺の変では、信長様だけでなく長男の信忠様も揃って亡くなってしまった。信長様には全部で十一人の息子がいるが、信忠様亡きいま、織田家の跡目を継ぐ候補となり得るのは次男の信雄様と三男の信孝様の二人だ。両者とも二十五歳で、年齢的にはちょうどいい。

　信長様の四男も十六歳だが、これは以前、一向に子が生まれない儂が信長様に頼んで養子にもらい受け、儂の名から一字を取って羽柴秀勝と名乗らせている。年齢的には悪くないが、もし儂が「秀勝を後継者にしたい」などと言おうものなら、織田家を乗っ取るつもりだろうと反発を受けるのは確実なのでさすがに無理がある。五男以下は歳が若すぎる。

そして柴田勝家殿は、信孝様が元服する際に烏帽子(注1)親を務めていた。となると当然ながら柴田殿は、自分と親しい信孝様を織田家の跡継ぎにすることを狙ってくるわけで、まずは邪魔な次男の信雄様をこき下ろしにかかったわけである。

「うーむ」

柴田殿の問いかけに、丹羽長秀殿と池田恒興殿は苦い顔をしてむっつりと黙り込んだ。四人だけの部屋に重苦しい沈黙がのしかかる。

二人が何も答えないのは、儂が事前に二人と何度も密談をして、信雄様が跡目を継ぐべきであると、さんざん吹き込んでいたからである。筆頭家老の柴田殿が信孝様を推し、信長様の仇を討った功労者の儂が信雄様を推す。二人の意見が真っ向から対立する中で軽々しく自分の意見を述べることは、かなりの危険を伴う。

だんまりを決め込んだ二人の背中を強引に押すように、柴田殿が慎重に言葉を選びながら、言いにくそうに言葉を濁してつぶやいた。

「まあ、信雄様は……伊賀の乱のこともあるし……此度の信長様の弔い合戦でも……

まあ、あのご様子であってだな……」

その要領を得ない言葉に、丹羽殿も池田殿もはっきりと頷きはしない。だが、眉間に皺を寄せ、腕を組んで首をかしげつつ苦笑を漏らすような二人の表情からは、本音では柴田殿と同じ意見であることがよくわかった。

信雄様は、もうどうしようもないほどに無能なのだ。

もちろん、それをはっきりと口に出す者は一人もいないが、このお方が信長様の英明な資質を何ひとつ受け継いでいないことは、家臣の誰もがよく知るところだ。

信雄様は信長様から伊勢を任されてはいたものの、かつて無断で隣の伊賀の国衆たちに攻めかかり、逆にこっぴどく敗れたことがある。その無様な負けっぷりを知らされた信長様は烈火のごとく怒り狂い、信雄様を激しく叱責して親子の縁を切るとまで言い切ったほどだ。

また、本能寺の変のあとは、信長様の仇を討つために兵を率いて近江（滋賀県）まで出てきたところまではよかったが、そこで怖気づいて戦わずに引き返している。しかも戦いのあとに、

「信孝殿の四国攻めを助けるために兵の大部分を送ってしまい、手元にほとんど手勢がいなかったから」

などという見苦しい言い訳をしたものだから、やっぱりこの方は駄目だと周囲の者

たちを改めて失望させていたのだった。

丹羽殿と池田殿が、儂の顔色を横目でチラチラとうかがってくる。秀吉殿、早くお主から何か言い返せ、信雄様を推していたのはお主だろうが、とその目は切々と訴えていた。

この会合に先立ち、儂は丹羽殿と池田殿との密談の場で、強い口調で何度もこう主張している。

「儂ももちろん、信雄様が頼りないことは十分承知しておる。じゃが、兄弟の順や嫡流と傍流の違いを無視し、能力のあるなしで跡目を決めた結果、泥沼のお家騒動に陥った例は古《いにしえ》より枚挙に暇がないではないか。信雄様が頼りないのであれば、周囲を守る我々が支えて差し上げればよいだけのこと。それよりも、これだけ巨大な存在になった織田家が分裂するのを防ぐことが何よりも肝要であり、だからこそ年上の信雄様が跡を継ぐのがふさわしい。そうは思われませぬか」

それがあるので、本音では信孝様を支持したい丹羽殿も池田殿も、簡単に首を縦には振れないのだ。

誰もなんの言葉も発しないことを、賛成の意味であると強引に解釈したのか、柴田殿が満足げに大きな声で言った。

「いずれにせよ、信長様を弑《しい》した明智光秀めを討つにあたって、信雄様は近江に留まって何もしなかったが、信孝様は総大将として見事にその役目を果たされた。憎き父親の仇を討ったか否か。信長様の跡を継ぐ当主としての資格を考えた時、その差はあまりに大きい」

柴田殿はそう言って一人でうんうんと頷き、得意げに言葉を続けた。

「それに、信雄様が次男で信孝様が三男だといっても、お二人の生まれた日はひと月も変わらぬのだから、そんなわずかな生まれの順番になんの意味があろうぞ。ここはやはり、信孝様を次の織田家の当主に据えるのが妥当だと思うが、皆のお考えはいかがかな」

まるで、もう決まったことのような口調である。ところが、そんな柴田殿の提案に相変わらず誰も賛成とも反対とも言おうとしない。

あまりにも不自然な静寂が続き、丹羽殿と池田殿が儂のほうに目くばせする回数がますます増えていく。おい秀吉、このままお主が何も言わなければ決まりじゃぞ、それでよいのか、信雄様を推すならいましかないぞ、という無言の圧がすごい。

ついに儂は意を決して、ごくりと唾を飲み込み、ゆっくりと口を開いた。

「畏れながら柴田様。儂の考えは違いますすな」

「なんとなんと。これは異なことを申されますなァ！　なにゆえじゃ、羽柴殿」

儂が反対することなど最初からわかっていたくせに、柴田殿はことさら芝居がかった口調で、さも儂が馬鹿げたことを言ったかのごとく威圧的に尋ねてきた。

筆頭家老である自分が軽く脅しをかければ、儂が気圧されて言いたいことも言えなくなるとでも思っているのか。儂はその傲慢さを心の中で嗤った。

柴田殿はきっと、儂が少しでも信雄様を推そうものなら返す刀で即座に論破してやろうと、一分の隙もない反論を用意してこの場に臨んでいるのだろう。

柴田のアホたわけが。

信雄様みたいな無能者を担いだところで皆が納得しないことなど、最初からわかっとるわ。この儂がそんな見え透いた手を使うとでも思ったか。

儂は心の中でそう毒づきながら、あくまで丁寧な口調で、ここまで隠しておいたとっておきの切り札を切った。

「亡くなられた信忠様には、嫡男の三法師様がおられます。筋目から言えば、三法師様が織田家を継ぐことこそが、あるべき姿ではなかろうかと」

私がそう言った途端、丹羽長秀殿が驚愕した表情で私の顔を見た。

事前に聞いていた話と違うので戸惑っているようだが、それは当然だろう。だってこちらは、この案をあえてこの瞬間まで黙っておいたのだから。

「信長様の仇を討っていない信雄様が次の当主にふさわしくないということには、儂も何ひとつ異論はござらぬ。だが、信孝様は三男であり母親の身分も賤しい。果たして信孝様がふさわしいかと言えば、それもいかがなものか」

事前の密談では丹羽殿も池田殿も、儂の提案に対して最後まで色よい返事をしなかったが、儂はそれで一向にかまわなかった。

なぜなら、儂がここで真に狙っていたのは、二人への「種まき」だったからだ。儂は最初から、信雄様を本気で推すつもりなど毛頭なかった。儂の本当の目的は、丹羽殿と池田殿の脳裏に、「嫡流を軽んじると騒動のもとになる」という危機意識を植え付けることだった。

「家督相続というものは、ともすれば家中が真っ二つに割れてしまうのが常でございます。信雄様のほうが歳は上ですが、信長様の仇を討たれたのは信孝様。そんな甲乙つけがたいお二方のどちらか一方を織田家の当主に選ぶなどしたら、選ばれなかった側に遺恨が残り、織田家の家中が真っ二つになってしまうことは必定」

そう言った儂の言葉を聞くうちに、最初は困惑するだけだった丹羽殿の顔色がみるみる紅潮し、力強くなっていくのがわかった。儂の案は確実に丹羽殿の心に刺さったなど、儂はこの会合の勝利を確信した。

「それゆえ儂は、信忠様の遺児である三法師様を織田家の跡目に推したいと考えております。三法師様は信長様の嫡孫であり、血筋という面で申し分ありませぬ。その正当性について、家中で異を唱える者もおらぬでありましょう」

儂が何度もしつこく、筋目が大事だ、筋目を重んじなければ織田家は分裂する、と事前にさんざん危機感を煽っておいたことで、丹羽殿と池田殿の頭にはその懸念が強く印象づけられている。

そんな頭で会合に臨んだところに、儂がいきなりまったく新しい案を出したものだから、彼らの頭が一瞬で真っ白になったことはひと目でわかった。

信雄様と信孝様、どっちを選んでも一長一短があり遺恨が残る。そんな苦渋の選択に悩んでいた二人にとって、儂がいきなり提示したこの第三の案は救いをもたらす絶好の妙案に見えているはずだ。儂は間髪を入れずに畳みかけた。

「そもそも、偉大な信長様が遺されたご子息方に対して、どちらのほうが当主にふさわしいなどと、我ら家臣がその資質の優劣をあれこれ論じることのほうが、僭越で畏れ多いことではないかと儂は案じておるのです」

僭越で畏れ多いと儂に言われたことで、柴田殿が明らかにたじろいだ。

「べ……別に、儂らは、信雄様と信孝様のどちらが優れているかなどといった話はしておらぬ！　事実として、信孝様は立派に信長様の仇を討たれ、信雄様は何もされなかった。それは誰が見ても間違いのないことじゃろうが！」

言い訳じみた弁明を始めた柴田殿に向かって、儂は表情だけはにこやかに、辛辣な言葉で切り返した。

「いえいえ、それは単なる時の運でございましょう。あの時、信孝様は兵を失って摂津で身動きが取れずにいました。そこにたまたま儂の軍が西から戻ってきて、合流することができたからこそ信孝様は仇を討てたわけで、それがなければ果たして、あの明智殿に勝つことができたかどうか」

そして、黙って丹羽殿のほうを振り向いて、その目をじっと見つめた。本能寺の変の時、丹羽殿は信孝殿の下に副将としてついていたから、当時の状況をもっともよく知る一番の生き証人である。

私の無言の圧に押されるようにして、丹羽殿がゆっくりと口を開く。

「……まぁ、たしかに、信孝様と儂の軍は兵があらかた逃げ散ってしまっておりましたからな。羽柴殿の軍が来なければ、とても信孝様が明智殿に挑みかかれるような状態では……ありませんでしたな」

沈黙が、肌を刺す。あまりにも気まずい雰囲気だ。

柴田殿は不動明王のような憤怒の表情を浮かべて黙りこくっているし、丹羽殿は、さてこの状況をどうしようかと思案しているようだ。池田殿はただ落ち着きなく目を左右に動かして、周囲の人の顔色をうかがっている。

永遠に続くかのような重苦しい静寂のあと、ようやく柴田殿が、不機嫌な声で絞り出すように呻いた。

「さ……三法師様は、まだ三つじゃぞ。とても織田の跡目は務まらぬ！」

――さんざん思案した末に、出てきた反論がその程度かい。この老いぼれが。

心の中ではそんなふうに毒づきながら、儂はにこにこと感じよく微笑みつつ、間髪を入れずに柴田殿に切り返す。

「ええ。たしかに三法師様は幼い。しかし、だからこそ、頼りがいのある皆様がおられるのではありませぬか」

「え？」

「三法師様が元服するまでの間は、叔父である信雄様と信孝様がお二人で揃って三法師様をご後見され、我ら宿老衆が力を合わせてそれをお支えするのです」

「し……しかし、そんなややこしい形が上手くいくだろうか」

儂は精一杯のきれいな作り笑いを顔面に貼り付けて、優しく柴田殿を励ました。

「きっと上手くいきますよ、柴田殿。織田家を支えていきたいという熱い思いは皆同じではないですか。信長様亡きあとの織田家を、己の好きなように牛耳ってやろうなどという私心を持つ者は、この場には一人もおられぬはず。その忠義の心さえあれば、三法師様のお歳のことなどなんの問題がありましょうぞ」

「う……」

ついに、柴田殿が返す言葉を失って完全に沈黙した。その様子を見て、丹羽殿が意を決したように力強く言葉を発した。

「うむ。たしかに羽柴殿の申されるとおりかもしれぬな。儂はいままで、元服した者でなければ跡目は継げぬという考えに凝り固まっていて、信雄様か信孝様のどちらかから選ぶしかないと思っておった。だが言われてみれば、れっきとした嫡孫である三法師様がおられるのに、いったんは他家に養子に出された傍流の方々が跡目を継ぐというのも、たしかに妙な話じゃ」

この言葉と共に、儂の勝ちは確定したと言ってよい。

丹羽殿は織田家の二番家老だが、その控えめで温和な人柄は家中の誰からも慕われている。何かと強引で押しつけがましい筆頭家老の柴田殿以上に、時にその発言は家中において重いものがある。その丹羽殿がはっきりと儂の案を支持したことで、形勢は大きく儂のほうに傾いた。

こうなると柴田殿は苦しくなる。

柴田殿は信孝様の資質の素晴らしさと、幼い三法師様を推戴して乱世を乗り切ることの難しさを必死で説いたが、もはや丹羽殿が柴田殿を見る目はすっかり冷えきってしまっていた。決して明言はしないが、丹羽殿の蔑むような表情が「どうせ貴殿の言い分は、自分と親しい信孝様を当主にしたいという私利私欲であろう」という冷ややかな心の内を物語っていた。

焦りきった柴田殿は、苦し紛れの譲歩案を提示する。

「では、せめて混乱を避けるため、後見人は信孝様お一人で務めることにしてはいかがかな。後見人が二人いると、齟齬が生じて何かと不都合が多いではないか」

冷静に考えれば決して悪くない指摘だとは思うが、この提案は完全に裏目に出た。それは、彼が私利私欲のために信孝様の権限を強くしようとしているという悪印象をますます強めただけだった。

柴田殿の提案に、丹羽殿は決して首を縦に振らず、その丹羽殿の頑なな態度を見て、日和見の池田殿はいとも簡単に我々の側についた。

結果的に三対一で、すべては儂の提案どおりとなった。

織田家の跡目が決まったら、次に論功行賞が行われ、土地の配分が議論された。

儂は長浜城と北近江の三郡を柴田殿に譲る代わりに、山城国と河内国（大阪府）の加増を受け、織田家中で最大の石高を得ることになった。主君の仇討ちという抜群の戦功があったわりに、儂がそこまで法外な加増を求めなかったことで、柴田殿はむしろこの論功行賞には満足しているようだ。

だが、柴田殿は何もわかっちゃいない。

しょせんは戦馬鹿の猪武者にすぎない彼は、石高の値ばかりを見て、儂がこの国の政と商いの中心地である山城と河内を押さえたことの重要性にちっとも気づいてはいないようだ。儂は心の中で柴田殿に舌を出しつつ、先輩方の顔を立てて渋々ながら受け入れたという態でこの土地の配分案に合意した。

かくして、幼い三法師様を信雄様と信孝様でお支えする、信長様亡きあとの織田家の新体制が始まった。

滝川一益殿は北条との戦に敗れて上野国を失い、会合のあとになってようやく、のこのこと単身で岐阜に戻ってきた。三法師様に拝謁したその姿は、つい数か月前まで織田家の宿老として堂々と戦場を疾駆していた男とは思えないほどにやつれ、覇気を失っていた。

滝川殿は、この汚名を返上するために兵を養いたいと言って、自分にも信長様の遺領を配分してほしいと求めてきたが、これはさすがに図々しすぎると、滝川殿と親しい柴田殿にすら渋い顔をされて即座に却下された。

この瞬間、滝川殿はもはや実質的な宿老の地位を滑り落ち、肩書だけは宿老のままでも、今後は蚊帳の外に置かれるのだろうなと儂は確信した。


これからは宿老四人で、三法師様と織田家を支えていかねばならない。

儂はこの会合によって事実上、宿老衆の頂点にのし上がったと言っていいだろう。夢のまた夢だとばかり思っていた筆頭家老の座。その責任はきわめて重い。

自分がこれからの織田家を背負って立つのだと儂が決意を新たにしていたところに、黒田官兵衛が不自由な左足を引きずりながらやってきた。

官兵衛はかつて、降伏を勧告する使者として敵の城に行ったところを捕縛され、一年ほど狭い土牢に押し込められたことがある。その時以来、官兵衛の左足首は固まって動かなくなってしまい、馬に乗れなくなった官兵衛は従者がかつぐ輿に乗って戦場を往来している。

「官兵衛。会合はすべて儂の思惑どおりで決まったことだし、これからは他の宿老連中に舐められんようにしながら、三法師様を支えていかねばのう」

儂が機嫌よくそう言うと、官兵衛は周囲をきょろきょろと見回して人がいないことを念入りに確認したうえで、儂の耳元に顔を近づけてきた。

「ん？　なんじゃ官兵衛」

するとと官兵衛は誰にも聞こえないような小声で、耳元でボソッと囁いた。

「いえ。違いますよ秀吉様。三法師様をお支えするというのは建前。あなた様には、もっと高みを目指して頂かなければなりませぬ」

……はぁ？　もっと高み？

儂が驚いて官兵衛のほうを振り向くと、官兵衛は不敵な笑みを浮かべながら、

「そうです。もっと高み」

と言ってゆっくりと頷いた。

「それは……いったいなんのことだ官兵衛」

意表を突かれた儂が呆けたような顔で尋ねると、官兵衛は恐ろしいほどの平静さで答えた。

「信長様が作り上げられた織田家を——そっくりそのまま頂くのです」

「なぬ⁉」

「天下。秀吉様は、信長様のご偉業を継いで、天下人になられるべきです」

そう囁く官兵衛の目は、冗談でも大風呂敷でもなく、恐ろしいほどに真顔だった。

三．賤ヶ岳の戦い　――徳川家康の独白

「なんで三法師様でも信雄様や信孝様でもなく、秀吉の奴から返事がくるのじゃ」

私が不機嫌そうに尋ねると、石川数正はにこりともせず答えた。

「それがいまの、織田家の実態でござります」

「気に食わぬな。何事も二人の後見役と四人の宿老で決めるというのが、清洲の会合で決まったやり方ではないのか」

織田家の内情に通じた数正が、きっぱりと断言した。

「決め事は決め事、実態は実態。私が三法師様に話を申し上げても、返事はなぜか秀吉殿からくる。この姿が、まぎれもないいまの織田家でござります」

「ふむ……。あの猿野郎、だんだん本性を現してきおったな」

信長様が亡くなる少し前、織田家は武田家を滅ぼし、武田家が支配していた甲斐と信濃（長野県）は織田家の家臣たちに分け与えられた。さらに宿老の滝川一益殿が上

野国に陣取り、関東全域の制圧に向けて着々と準備を進めていた。

だが、本能寺の変で織田家の東国支配は崩壊する。

東国を与えられた織田家の家臣たちは、武田の遺臣たちに襲われて討死したり、領地を支えきれず西に逃げ帰ったりした。その結果、織田勢がいきなり消滅した甲斐、信濃、上野の三か国は巨大な空白地帯となった。そして、そこを切り取ってやろうと関東の雄、北条氏直《うじなお》が虎視眈々と準備を整えている。

そこで私は三法師様に、北条に奪われる前に徳川家がこの三か国に攻め込んで、切り取ってしまってもよいかというお伺いを立てたのだった。

いまの織田家は家中の混乱で、とても東国などに関わっている余裕がない。長年にわたり武田や北条と駆け引きを繰り広げ、彼らの内情にも通じている我ら徳川家以外に、東国を抑える役目は務まらないだろう。

同盟者の私が甲斐、信濃、上野を押さえれば織田家にとっては勢力圏の安定につながるし、私自身も現在の所領である三河（愛知県）、駿河（静岡県）、遠江（静岡県）に加えて、合計六か国もの領土を有する、いっぱしの大大名に成り上がることができる。私にとってもこれは、自らの運を開くための大きな一手だと言えた。

この私のお伺いに対して、織田家の当主である三法師様ではなく、なぜか秀吉から返事がきた。私はそこが若干気に食わなかったが、その内容は、甲・信・上の三国は切り取り放題に任せるという満足のいくものだったので、私は勇躍して甲斐に向けて軍を進めた。

我が軍が甲府に到着すると、ほどなくして北条家が三手に分かれて甲斐に侵攻してきたとの報が伝わってきた。

「忠次。この戦をどう見るか」

私の問いに、酒井忠次が間髪を入れずに答えた。

「長引かせたら、負けでしょうな」

「なるほど」

「北条家は関東の覇者。その兵力は我が徳川家の軽く倍以上はあります。それゆえ、真正面からまともに組み合ってじっくり戦ったら、その圧倒的な地力の差でじわじわと押し潰されましょう。我が軍はもって四か月。それ以上はいけませぬ」

忠次の見立てには私も同感だ。私は満足げに何度も頷いた。

「片や、我が軍の優位な点といえば、織田家から融通を受けた鉄砲の数くらいでしょう。それゆえ、弾薬を惜しまず使って緒戦で痛撃を食らわし、徳川侮りがたしと思わせて、できるだけ早く痛み分けの和睦に持ち込むのが得策かと」

「なるほど。そのとおりかもしれぬ」

「これは相手を滅ぼすための戦いではなく、織田が消えて空き家となった甲・信・上の三国をどう切り分けるかという話でございますからな。北条にもそれなりの分け前を与えてやれば、彼らもよもや徳川と本気で事を構えようとはしないはず」

「うむ。その策やよし。それでは、ありったけの鉄砲を出して、弾を惜しまず徹底的に北条軍を痛めつけるよう各所を守る諸将に伝えよ。数正！」

「はっ！」

「お主はすぐに岐阜城に行き、北条との和睦の仲立ちをして頂くよう三法師様にお頼みするのじゃ。おそらく信孝様か信雄様のどちらかが間に立って下さるとは思うが、できることなら……信孝様のほうがありがたい」

「御意。それでは直ちに出立いたします」

その後、北条軍は三手に分かれて甲斐に侵攻してきたが、戦意の高い我が軍は倍以上の敵を相手にしながら予想以上に善戦した。鳥居元忠《とりいもとただ》などは黒駒で行われた合戦で、千五百余の兵で一万の北条軍を撃退するという大勝利を挙げている。

その様子を見た上田の真田昌幸《さなだまさゆき》と木曽の木曾義昌《きそよしまさ》は、これは徳川方につくほうが有益と判断し、あっさりと北条側を裏切って我が方に帰順してきた。彼ら国衆はしたたかで節操がない。常に有利なほうに味方するのでまったく信用はならないのだが、兵数に劣る我々にとっては、たとえ今だけでも彼らが味方についてくれることは非常にありがたいことだった。

しょせんは鉄砲の数と三河武士の勇猛さ頼みであり、どこかで息切れするとは思うが、いまのところ北条との戦のほうは順調に進んでいる。

ところが、石川数正が必死で織田家に掛け合ってくれている和睦の仲立ちのほうは、一向に話が進まなかった。

「実は、信雄様と信孝様が尾張と美濃の国境をどこにするかで揉めておられて、他国の話に首を突っ込んでいられるような状況ではないらしいのです」

「……はぁ？」

申し訳なさそうな顔で報告する数正の話を聞いて、あまりの馬鹿々々しさに私は呆然となってしまった。

清洲での会合において、信雄様は尾張国、信孝様は美濃国を継承することが決まった。国と国の境目などは場所によっては案外適当なもので、細かいことには目くじらを立てずに見ないふりをするのが普通なのだが、この二人はふとした契機に、尾張と美濃の国境を境川にするか木曽川にするかで論争をはじめてしまい、互いに一歩も譲らず一触即発になっているのだという。

「どうせ同じ家中なのに、取るに足らぬわずかな土地を巡って兄弟で争ってどうするのじゃ。こんな時こそ、間に入って穏便に事を収めるのが宿老の役目だろうが。柴田殿も秀吉も、いったい何をしておる」

「それが、信雄様と信孝様以上に、秀吉殿と柴田殿が火花を散らして争っておられる有様でして」

「なんじゃあ、それは……」

私は思わず頭を抱えて、変な呻き声を上げてしまった。

織田家の仲介で早めに和睦に持ち込めなければ、北条に対して地力に劣る我々はどんどん不利になっていってしまう。それが織田家にとっても好ましくないことは彼らだって十分にわかっているはずなのに、いったい何をくだらぬ争いで労力と時間を浪費しているのか。もはや織田家の将来に不安しかない。

ところが数正は、そんな私の嘆きに追い打ちをかけるような話を言いだした。

「それでどうやら、柴田勝家殿のところにお市の方様が輿入れされるという話が、裏で進められているらしいのです」

「……はぁ？」

「お市様と夫婦になれるということで、柴田殿はいたく上機嫌であるとか」

「そんな爺婆の夫婦があってたまるか！　たいがいにせえ！」

信長様の妹君であるお市の方は、絶世の美女と名高い。

しかし、夫と死別した彼女はたしかもう三十代も半ばで、再嫁には少しばかり歳を取りすぎている。しかも相手の柴田殿は今年還暦を迎えた爺様ではないか。

「信孝様が、強引にその婚儀の話をまとめあげたと伺っております。それもすべては、柴田殿をいっそう強く自分のもとにつなぎ止めておくための策かと」

私は状況のあまりの醜悪さに心底うんざりした。

「柴田殿はいまだに、お市殿に懸想しておられるというのか？　馬鹿げている」

老いらくの恋ほど醜いものはない。私は呆れ返り、柴田勝家という男も案外器が小さいものだと嘆いた。だが数正は、私のそんな感想をとんでもないと否定する。

「何をおっしゃいますか殿。柴田殿だけではございませぬぞ。織田家の家中で、お市様は幼少の頃から神のごとき皆の憧れの存在なのです。三人のお子をお産みになられ、三十を過ぎてもなお、その容色はひとつも衰えておらず、織田家の皆は相変わらず熱を上げているとか」

「えええ……」

「秀吉殿が昔からお市様に思いを寄せておられるというのは、もはや誰もが知る公然の秘密。だからこそ信孝様は秀吉殿への当てつけのごとく、お市様との結婚を斡旋することで柴田殿に大恩を売ったのでございます」

「たわけたことを！　尾張者は色狂いばかりか！」

私も、お市の方の姿は結婚する前に何度か目にしたことがある。たしかに人目を引く美人だとは思ったが、私にしてみると彼女は華奢すぎて、なぜこんな小枝のようにぽきりと折れてしまいそうな女性に皆がこうまで入れあげているのか、ちっとも理解できなかった。

「秀吉殿もいまごろきっと、嫉妬で身を焦がしておられることでしょう。これはいずれ衝突は避けられないかと」

「いや、そもそもは皆で力を合わせて三法師様を盛り立てるという話――なんてことを、もはや誰一人として気にも留めておらぬのだろうな」

「それはまあ、この乱世でございますから」

「はあ……それが世のならいか……」

むなしさが心を襲ってくる。

尾張一国の守護代から身を起こした信長様は、命を張って戦い続けて多くの国を斬り従え、織田家をここまで大きな存在に育て上げた。私は隣国の同盟者として、半ば脅されるようにその覇業に無理やり付き合わされてきたわけだが、結局はそのおかげで三か国を治める大名にまで成長することができた。最初のうちこそ嫌で嫌でたまらなかったが、いまでは私もすっかり信長様の色に染まって、信長様の思い描く未来を共に見届けることだけが己の生きる目的になっていた。

それなのに、信長様という巨大な柱を失っただけで、こうもあっさりとすべてがギクシャクしてしまうものなのか。

せめて、信長様の資質を色濃く受け継いだ信忠様が健在であれば、また違った結果になったのかもしれない。だが、英明な信忠様も揃って討死してしまったことで、すっかり織田家という釜の底が抜けてしまった。

もう三法師様そっちのけで、信孝様は柴田殿を抱き込んで自らの陣営を固めることに汲々としているし、秀吉は秀吉で、丹羽長秀殿と池田恒興殿を仲間に引き込んで、その勢いたるや織田家御一門の信孝様をとうに凌駕しているという。

信長様が苦心して築き上げたものが、腹が立つほどにあっさりと吹き飛んでいく。

「どうされますか？」

いま、石川数正にそう尋ねられた私の手には、二つの書状が握られている。

一つは柴田勝家殿から届いた書状。もうひとつは秀吉と、丹羽長秀殿、池田恒興殿の三人の連名で届いた書状だ。

柴田殿の書状には、秀吉が清洲での会合の結果を無視し、三法師様を奉ることなく私的に振る舞うこと甚だしく、もはやこれは謀反であると書いてある。

一方で秀吉たちの書状には、柴田殿は信孝様をそそのかして三法師様を囲い込み、清洲での会合の結果を無視してその身柄をみだりに恣《ほしいまま》にしており、これはまぎれもない謀反であると書かれている。彼らは信孝様の対抗馬として信雄様をかつぎ上げ、三法師様の元服までの間は暫定的に信雄様を織田家の当主に据えたいとしていた。

「どっちもどっちじゃな」

私がそう言うと、石川数正もゆっくりと頷いた。

「ええ、これは両方が悪いでしょう。ですが、どちらが悪いかなど、この際意味を成しませぬ。強いほうが正しく、弱いほうが悪い」

「それで……どちらが強い？」

私が尋ねると、数正は少し間を置き、ごくりと唾を飲み込んで静かに答えた。

「――畏れながら、羽柴秀吉殿かと」

そこは、嘘でもいいから信孝様と柴田殿のほうが強いと言ってほしかった。

だが、数正は有能な男だ。秀吉のほうが強いと言えば、秀吉嫌いの私が機嫌を損ねることくらいは当然承知している。それでも秀吉が強いと言ったということは、つまり数正が見るところ、それくらい両者の力の差は歴然だということだ。

「秀吉殿は先般、信長様の葬儀を京の市中で盛大に営まれました。信雄様も信孝様も参加されておらず、織田家の葬儀と呼ぶにはあまりにも白々しい内容にござりましたが、そんなことはこの際どうでもよいことです。肝心なのは、この葬儀に三千人もの人間が参列したということ」

「それだけの京の有力者が、秀吉の仕切る葬儀に従ったということか」

「ええ。京は秀吉殿のものだということが、改めて内外に示されました。むろん、朝廷も秀吉殿が牛耳っていると見て間違いないでしょう」

私は深いため息を吐いて、無駄だと知りながらもう一度最初から考え直した。だが、もう何度も何度も考え直しているのに、結論が変わることはない。

「……となるとやはり、私は秀吉と組まねばならぬか」

「気が、進みませぬか」

「ああ。当然じゃろ。だいたい、これで秀吉の奴が柴田殿を倒したとして、その後、奴がおとなしく清洲の会合の取り決めを守って三法師様をお支えすると思うか？」

「うっ……。し、しかしですな殿！　かといって信孝様と柴田様もいかがなものかと思いますぞ。あのお二人が勝ったところで、黙って三法師様を盛り立てるはずがありましょうか」

数正が慌ててそう言った。たしかにそれはそうだ。

柴田殿はそもそも信孝様を後継者にしたがっていた。秀吉が敗れたら、秀吉が主導した清州の取り決めなど馬鹿正直に守るはずがない。

「つまり、どちらに転んでも三法師様は蚊帳の外か。もはや誰一人として織田家のことなど考えておらぬ。すっかり乱世に逆戻りじゃな――」

私はガリガリと激しく爪を噛んだ。ピリッとした痛みが指先に走り、舌先に鉄の味がする。極限まで短くなった深爪の先から、赤い血が静かに染み出ていた。

これ以上この話を続けるのが嫌になった私は、酒井忠次のほうを向いて尋ねた。

「それで忠次よ。北条との戦況のほうはどうなっておる」

「はっ。善戦しておるとはいえ、いかんせん兵数が……」

忠次は開戦前の七月に「もって四か月」と言って短期決戦を主張したが、その四か月まで残りひと月に迫っている。どうしようもない圧倒的な物量の差が、じわじわと我が軍にのしかかってきていた。

「それにしても秀吉の奴、我が方に与すれば、すぐにでも信雄様のお名前で北条との和睦をまとめてやると書いてきておる。実に調子のよい奴じゃ」

「ははは。これまで散々ほったらかしにしておきながら、我々を味方に引き込みたいという段になると、掌を返したように優しくなりますな」

「まことそのとおりじゃ。実に腹立たしい。腹立たしいが――」

柴田殿よりも秀吉につくほうが有利であることは、もはや火を見るより明らかだ。

しかも、それで信雄様が北条との和睦をまとめてくれるのなら一石二鳥だ。

「秀吉に与するのも気が進まぬし、あのうつけ者の信雄様を担ぐのも不安しかないが、そろそろ潮時かもしれぬ。徳川家のためじゃ。いいかげん肚を決めねばなるまい」

秀吉ら三宿老の決定を支持する旨を私が回答すると、秀吉と信雄様からはすぐさま丁重な感謝の書状が届いた。それだけでなく、北条家と徳川家の和睦を斡旋するため、信雄様自らが甲斐まで足を運んでくださるという。

徳川家を自分の陣営につなぎ止めておくために秀吉も必死だなと、その過分な厚遇に私は逆に白ける思いがした。ただ、動機はなんであれ、織田家の当主候補がわざわざ甲斐まで出張ってきたことは北条に対して強い圧力になるはずで、徳川家としては実にありがたい。

私は信雄様を甲斐の国境までお迎えに行き、丁重にもてなした。

「こんな遠国まではるばるお越し頂き、誠にありがとうございます」

深々と頭を下げる私に向かって、信雄様は鷹揚に答えた。

「うむ。遠かったし山道が実に難儀じゃった。木曽といい甲斐といい、本当に山だらけじゃのう」

そう言って信雄様はハハハと能天気に笑ったのだが、その言葉は「こんな山の中の貧しい土地を死に物狂いで奪い合っているとは、徳川も北条も大変なことだな」という嘲笑のように聞こえた。

私は反射的にむかっ腹が立ったし、後ろに控えている本多忠勝などは、私がハラハラするほどに憤怒の表情を浮かべて信雄様を睨みつけている。

だが、その後に信雄様とじっくり話をしているうちに、私は気づいたのだ。このお方の言葉には、別に何の悪意も深い思惑もない。山道が大変だったから「山だらけじゃな」と言った。ただそれだけのことなのだ。

信雄様はいつもそうやって、自分が感じたことをそのまま正直に口に出す。そこに他意はなく、要するに人の気持ちにおそろしく無頓着なだけだ。

それを聞いた人間がどんなふうにその言葉を解釈し、どんな気持ちになるのかという点にまで、この御曹司は考えが及ばない。私を怒らせて、万が一私が柴田殿のほうに転んでしまったら自分の命が危ういというのに、だから発言に気をつけようという発想にはならないらしい。

配慮に欠けた発言で何度も苛つかされたが、ここで信雄様を怒らせてもいいことは何ひとつない。私がぐっと堪えて精一杯のお追従を述べたら、それで気分をよくしたのか、信雄様は上機嫌で言った。

「まぁ、この儂が直々に文を書き、我が側近に持たせて北条に言付ければすぐに片がつくはずじゃ。北条も、よもや織田と一戦構えるまでの覚悟はないであろう。家康殿も大船に乗った気持ちでおるがよいぞ」

私はその傲慢な言動に調子を合わせる気にもなれなかった。ただ黙して「和睦を成り立たせるのはあなたの力ではなく、織田家の力です」と心の中で何度も毒づきながら、

「ありがたき幸せに存じます」

と形だけの礼を述べた。

結局、せっかく甲斐くんだりまで足を延ばしたにもかかわらず、信雄様は何日か甲斐に滞在しただけですぐに尾張に戻ってしまった。信孝様との争いがいよいよ風雲急を告げ、いつ何が起こってもおかしくない状態まで緊迫してきたからだ。

それでも、信雄様が甲斐に残した取次の家臣がそのまま代理で交渉を続け、なんとか北条家と和睦に至ることができた。甲斐・信濃の二国は徳川が、上野は北条が切り取り放題として互いに手を出さないことを約定し、和睦の証として、私の娘である督《とく》姫《ひめ》を北条家当主の氏直に嫁がせるというのがその内容だ。

すでに十月も末であり、我が徳川軍の余力も限界に近かったが、これで私は無事に、三河、遠江、駿河、甲斐、信濃の五か国を有する大大名にのし上がった。

そしてその少しあと、織田家の内紛はついに大きな衝突となる。

十二月、秀吉は突如、琵琶湖の東岸にある長浜城に攻めかかって開城させた。長浜城を守っていたのは柴田勝家殿の息子、柴田勝豊《かつとよ》殿だ。

柴田殿の本拠地である越前は冬の間は雪に閉ざされ、援軍を送ることが難しい。その隙を狙って秀吉は攻撃をかけたのである。秀吉はそのまま、返す刀で岐阜城の信孝様にも攻めかかって降伏させ、三法師様の身柄を力ずくで奪還した。

秀吉は和議を結ぶ条件として、母や娘を人質として差し出すことを信孝様に命じた。それは誰がどう見ても、敵国の当主に対して行う処置だ。とても旧主の息子に向けて取るような態度ではない。

こんなことをされて、収まらないのは柴田勝家殿だ。

柴田殿は旧友の滝川一益殿と示し合わせて、雪が融けた翌天正十一年（一五八三年）三月、信雄様と秀吉に対してついに兵を起こしたのだった。

柴田殿は佐久間盛政《さくまもりまさ》殿、前田利家《まえだとしいえ》殿などの軍勢も加えた三万の兵を率いて近江まで進出して陣を敷く。

賤ヶ岳のふもとで両軍が対決したのは、四月二十日のことだ。

鬼佐久間の異名を取る佐久間盛政殿の奮戦により、序盤は柴田軍のほうが優勢に戦いを進めていた。だが、秀吉はとっておきの隠し玉を用意していた。秀吉は、あらかじめ前田利家殿を調略して味方に引き込んでおいたのだ。

前田殿が土壇場で寝返り、戦わずに戦場を去ったことで柴田軍は総崩れとなった。越前に逃げ戻った柴田勝家殿は、お市の方と共に城に火を放ち自害した。信孝様は柴田殿の軍に参加して共に戦ったが、こちらも捕えられて切腹となった。信孝様の辞世の句は、

「むかしより主をうつみの野間なれば　むくいを待てや羽柴筑前」

という、秀吉への呪詛を剝き出しにした猛々しいものだった。切腹の際には、かき切った腹から臓物をつかみ出し、床の間にかかっていた梅の掛け軸に向かって投げつけるという、壮絶な最期だったという。

「果たして、いつまでもつでしょうな」

窓の外に広がる鉛色の空をうらめしげに眺めながら、酒井忠次が口を開く。外ではもう三日間、降りやまぬ雨がだらだらと続いている。

今年は梅雨に入る前から、やたらと雨の多い年だった。川の水があふれ、堤が切れて田が水浸しになったという報告が、すでに何件も届いている。

その問いに、石川数正が厳しい顔で答える。

「まぁ、一年か二年が関の山かと」

話題は、信雄様と秀吉の関係についてだ。

信孝様と柴田殿が斃《たお》れたことで、分裂した織田家はようやく落ち着きを取り戻した。賤ヶ岳の戦いのあとに行われた話し合いで、三法師様が元服するまでは信雄様が暫定の当主を務め、それを羽柴秀吉、丹羽長秀、池田恒興の三人の宿老が支えるという取り決めが結ばれ、織田家の新体制が始まった。

だが、そんなものをいったい誰が信じるだろうか。

もっともらしい理由を強引にこじつけてはいるが、秀吉は信孝様に平然と兵を向け、家族を人質に取り、そして最後はなんのためらいもなく切腹させた男だ。いずれ信雄様にも牙を剝く可能性はきわめて高い。

「それで信雄様は、きちんと織田家当主の務めを果たされているのか？」

私の質問に、数正は沈痛な面持ちで首を左右に振った。

「はあ……そうか」

「織田家の家中はまだ、信雄様を『上様』と呼んできちんと敬っておりますが、京の朝廷と公家たちは、昔から大の秀吉殿びいきでございますゆえ」

「舐められているのか」

「ええ。信雄様が京の町に出したお触れ書きはことごとく無視され、秀吉殿が任じた京都奉行の屋敷の前には、訴えを持ち込む者たちが連日長蛇の列をなしているとか」

「それに対して、信雄様はなんと」

「特に何も……近習や重臣たちに当たり散らしているという噂はよく聞きますが」

「やはりな。だからあのお方は駄目なのじゃ」

秀吉の傍若無人ぶりにも腹が立つが、信雄様の無為無策ぶりにも私はほとほと嫌気がさしていた。

信孝様亡きあと、もはや秀吉がおとなしく信雄様を担いでいる理由などひとつもない。まだ織田家の威信が残っているいまのうちに、少しでも実績を作って味方を一人でも増やしておかねば、いずれ秀吉が言いがかりのような理屈をつけて自分を排除してくるであろうことを、あの知恵の足りぬ御方は理解しているのだろうか。

石川数正は「もって一、二年」と予想していた。

だが、結局のところ信雄様と秀吉の仲は、半年ももたずに決裂した。

「まったく……いいように秀吉の手の上で転がされおって……」

予想のはるか上をゆく信雄様の軽率さに、私は心底げっそりした。

天正十二年（一五八四年）の正月、秀吉と信雄様の会見が三井寺で行われた。

ぎくしゃくしていた二人の間柄を修復するための話し合いだったが、秀吉の挑発にまんまと乗せられた信雄様が激昂し、逆に喧嘩別れに終わった。それまで水面下で行われていた二人の暗闘は、これによってついに表立ったものとなったのだった。

あまりの馬鹿々々しさに、どちらに加担すべきかを考えるのも虚しい。

「厭離穢土、欣求浄土……」

噛みすぎてすっかり深爪となってしまった両手を静かに合わせ、私は仏像に向かってこの八文字を何度も唱えた。唱えながら頭に思い浮かぶのは、信長様の顔だ。

信長様、いますぐ私もそちらに行きたいです。

あなたのいなくなった此岸は、くだらぬ者どもがくだらぬ駆け引きをくり返し、ただ我が身の栄達だけのために他人を平気で陥れる、我利我利亡者どもの巣窟と化してしまいました。

幸いなことに、いまの私は五か国を領する大大名となりました。ですが、やれこの国をよこせだの、この国はやらぬだのと言って、血を流してわずかな土地を奪い合うことに、私はもう虚しさしか感じないのです。

これから先、私はどうやってこの退屈な世を生きていけばよいのですか――

そこに、血相を変えた石川数正がどたどたと足音を響かせながら大慌てで部屋に飛び込んできた。

「どうした数正。お主らしくもない」

数正は、無作法であることなどお構いなく、はあはあと息を切らしながら拝跪して、手に持った書状を震える手で私に差し出した。

「お……織田信雄様からの直々の書状にござります。その内容は、信長様亡きあとの織田家を 恣《ほしいまま》 にする逆臣、羽柴秀吉を討つので、力を貸してほしいと！」

「そうか……。どれ、書状を見せてみよ」

あの馬鹿殿は、果たして私になんと書いてよこしたのか。

うんざりしながら信雄様の書状を開くと、そこにはいまにも泣きださんばかりの調子で、いまの自分が置かれた悲惨な状況を赤裸々に語り、私の助けを求める訴えが綴られていた。

公の御見継が無くには、信雄の滅亡は疑いあるべからず。信雄の身命、ひとえに公の仁心にあり——

腐っても織田家の当主が、自分の弱みを無様にさらけ出して「私の命はあなた次第」などと情けないことを書いて寄こしてきたことに、どうしようもない脱力感を覚える。

「わ……私は、反対でござります！」

私が何かを言う前から、数正が上気した顔でそう叫んだ。

秀吉の人となりと実力をよく知る数正は、当然そう言うだろうとは思っていた。だがそれに対して私は、理性では数正の言うとおりだとは思いつつも、すんなりとその意見を受け入れることができない。

私は俯いたまま、何も答えなかった。

すっかり短くなった爪の先をぼんやりと眺め、無意識に口に運ぶ。するといつもの癖で勝手に歯が動き、さらに限界ぎりぎりまで爪の先端を削っていく。

秀吉に従うのは、一番退屈な選択肢だ。一番安全で賢明な選択肢ではあるが。

そしてその退屈な道を選んでしまったが最後、自分の中の何かが折れて、二度と元には戻れないような気がしてならない。私の心はそれに必死で抗っているのだ。

その時だった。

私の脳裏にいきなり、一年半前の堺での光景がよみがえってきた。

信長様の死の報を聞いて、とっさに死のうと思った自分。

そうだ。そもそも私は、信長様のあとを追って死ぬつもりだったではないか。

それを本多忠勝の奴に止められて、どうせ死ぬのならば、死ぬ気で光秀殿に戦いを挑もうというふうに考えを改めたのだ。

　結局その時は秀吉に先を越され、信長様の仇を討つことは叶わなかった。だが、いま秀吉は信長様の遺した織田家を奪い取ろうとしている。私がその秀吉を討てば、それだって信長様の仇を討ったことになるのではないか――

　最初のうちは漠然としていたその考えに、次第に目鼻がつき形が定まってくる。私の心は決まった。

　私は数正の訴えを無視し、ぐっと奥歯を噛みしめると、

「軍議を開く。皆の者を集めよ」

とだけ命じた。

「殿！　わざわざ軍議には及びませぬ！　いまここでご決断を！」

私の心を見透かしてか、数正はそう食い下がってきた。私はそれに一切取り合わず、小姓を呼ぶと、立ち上がって早足で奥の間に向かった。

　信長様が死んだ時にも思ったことを、もう一度頭の中で繰り返す。

　こんな世界にこだわったところで、なんの意味もない。死ぬ気でいくぞ――

四．小牧の戦い　――羽柴秀吉と徳川家康の独白

一．羽柴秀吉の独白

なんという、めまぐるしい一年半であったか。

並の人生の、軽く二十年分くらいの濃さはあったように思う。あまりにも状況がころころと変化するので、自分の置かれた立場に感覚がさっぱり追いつかない。

一昨年の六月に、信長様が本能寺の変で斃れた。

その時の儂は、六人いた織田家の宿老衆のうちの一人でしかなかった。信長様から中国の毛利家の攻略を命じられた儂は、期待に必ず応えてみせるという使命感に燃えて、勇躍しながら西に向かっていた。

そこからたったの一年半。いまの儂は事実上の織田家の支配者だ。いったいどこをどうすればこんなことになるのか、儂自身がさっぱり腑に落ちていない。

「なあ官兵衛……儂はやっぱり、信雄様と戦うのは気が進まぬ」

そんな私の弱気を、官兵衛はぴしゃりとはねつけた。

「そういう感傷はお捨てくだされと申し上げたはずです。死にたいのですか？」

「いや、儂だって、もちろん死にたくはない。だが……」

「秀吉様がどんなに戦いたくなくとも、信雄様のほうから全力で秀吉様を殺しに来ますよ。それに黙って首を差し出すというのであれば、それも秀吉様の生き様ですので私はそれに殉じますが」

「う……」


そしていま儂は、名目上の主人である信雄様と決別しようとしている。

信雄様を担いだのは、しょせんは柴田勝家殿と戦う大義名分を得るためだけだったから、いずれ必ずこの日が来ることは最初からわかっていた。それでもいざそれが目の前にくると、大恩ある信長様の顔が脳裏に浮かんできて気分が重くなる。

儂は信雄様を弾劾する理由として「三法師様が元服するまでのつなぎの当主として、あまりにもふさわしくない振る舞いが目立つ」というものを一応掲げていた。そんな儂の主張など、誰一人信じてはいないが。

――どうせ、いずれ自分が織田家を乗っ取るつもりなのだろう?

皆が儂に対してそんな疑念を抱いていることは、儂も重々承知している。実際、官兵衛は織田家乗っ取りに向けて着々と策を進めているのだから言い訳もできないのだが、正直言ってそれは私の本意ではない。

だって、現に信雄様では、京をちっとも治めきれていなかったではないか。


信雄様は人柄が軽薄で粗忽で、とても織田家を任せられる器ではなかった。

清洲の会合のあと、信雄様は変にやる気を出して、京の奉行を自ら任命すると共に、信長様の「天下布武」を真似て「威加海内」の印を作らせてあちこちに書状を発した。だが、それは周囲に無用の混乱を呼んだだけだった。

乱発される素人考えのちぐはぐな指示に、京の人々は困惑して儂のところにこぞって相談に来た。儂は以前に京の行政を担当していたことがあったからだ。

織田家の失政を筆頭家老が放っておくわけにもいかないので、相談に来た者たちに儂が仕方なく助言を与えて帰すと、誰もが次からは、信雄様よりも先に儂のところに来るようになってしまった。

信雄様はそんな儂が目障りで仕方ないらしく、自分が当主なのだから自分を敬え、専横は許さぬと脅しをかけてきた。儂としては正直、それならばきちんと京を治めてくだされと信雄様に言い返してやりたいところだ。言うなればいまの状況は、無能な信雄様が招いた自業自得にすぎない。

さらに信雄様は、賤ヶ岳の戦いのあとに入った安土城で、調子に乗って三法師様をないがしろにするような傲慢な振る舞いを見せた。あまりに目に余ったので、儂は信雄様に対していますぐ安土城から出ていくように命じ、最後は実力を行使して城から追い出した。それ以降はもう、信雄様との仲は坂道を転げ落ちるように険悪になる一方だ。かくなる上は戦いで決着をつけるより他にはない。

「本当は、できるだけ穏便に済ませたかった」

儂がげっそりとため息を吐くと、官兵衛は少しだけ表情を緩めて、なぐさめるような口調で言った。

「どう振る舞っても、最後はこうなっていたように思います。仕方がありませんよ」

儂と決裂した信雄様は、当然ながら共闘する相手を探すはずだ。果たしてあのうつけ者の信雄様と組むような物好きなど現れるのだろうかと思っていたら、徳川家康が信雄様と同盟したらしいという噂が入ってきた。

「家康が？」

なんだか意外な気がした。

信雄様の暗愚さは、家康も痛いほどよく知っているはずだ。このちっとも使えない男と組んでみようなどと思う者がいるとしたら、信雄様の人となりをまだよく知らない上杉、毛利、長宗我部あたりの敵国の大名だろうと思っていた。

「あの小心者に、そんな気概があったとは」

儂は家康のことを、そこまではよく知らない。

家康が信長様を訪ねた時の接待役はいつも明智光秀殿で、儂は城内で会った時に立ち話をする程度だったからだ。織田の隣国の弱小大名で、腰巾着みたいにいつも信長様の後ろにぶらさがって歩き、それで信長様のお慈悲を頂いて細々と生き延びているだけの、地味でつまらない男という印象しかなかった。

ただ、戦は上手い。

金ヶ崎や姉川では信長様の下で共に戦ったが、その采配はひたすらに手堅く、何ひとつ面白味はないものの、とにかく負けない。加えて本多忠勝をはじめ、奴の下にいる三河武士たちがめっぽう強かったのをよく覚えている。

そんな家康も儂と同様、気がつけばひとかどの大大名に成り上がっていた。そしてついに、信雄様と手を組んで儂に反旗を翻してきた。

「徳川様は、決して小心者などではございませぬ。いままでは信長様の下でひたすら己を抑えていただけでございましょう」

「そうか。儂が知っている家康は、本当の家康ではなかったのか」

するとそこで、官兵衛がフッと笑みをこぼしながら言った。

「秀吉様と、同じでござりますな」

「はぁ？　何を言うか。儂はそんな――」

「信長様が亡くなって以来、秀吉様は次第に己を出されるようになって、最近では実に堂々たる、天下人にふさわしい風格を備えてこられました。ですが、信長様がいなくなったことで隠していた己を出されるようになったのは、徳川様も同じだったということ」

「おい、だから儂はそんな、天下人など――」

官兵衛は優秀な男だが、儂を買いかぶりすぎていることだけが玉に瑕だ。

儂は本当に、あの忌まわしい本能寺の変さえなければ、信長様の走狗として一生戦場を駆けずり回ることのほうをむしろ望んでいたのだ。それで最後、信長様が関白か太政大臣になった暁には、儂はその下で左大臣か右大臣にでもして頂けたら最高の人生だと思っていた。

だが、官兵衛は儂がそんな小さな器に収まることを許してくれない。

秀吉様なら天下を取れます。

あなた様にはそれくらいの力があるのです。

ですが、たとえその力があっても、「自分ならできる」と思わない人には何もできませぬ。ですから、もっと確信するのです。

まずは毎日、「天下など自分には取れて当然」と己に言い聞かせながら日々を過ごされませ。そうするうちに、いつの間にか声や立ち居振る舞いに、天下人にふさわしい風格が自然とにじみ出てくるものでございます。さすればもう、水が低きに流れるように、天下のほうから勝手に秀吉様の掌の中に転がり込んでまいりましょう――

そんなふうに励ましてくる官兵衛に踊らされ、儂はただ死なぬため、その時その時で最善と思われる手を打ってきた。そして気がつけば、競争相手たちは次々と脱落したり死んだりして、儂は独りで先頭を走っていた。

最高権力者が先頭から落ちる時、それはすなわち死ぬ時だ。

気は進まないが、あてもなく転がり続けてここまで来てしまった以上、もう後戻りはできない。いままでずっと黙っていた家康の奴が儂に挑んでくるというのであればただ叩き落とすまでのこと。

叩き落とせなければ、死ぬのは儂だ。

二．徳川家康の独白

「秀吉殿とは、絶対に戦ってはなりませぬ」

家臣たちを集めた軍議の席上で、石川数正は開口一番そのように断言した。

「織田家はもはや名前だけの存在。そんなものにこだわって秀吉殿と戦ったところで何になりましょうか」

「いや、しかし数正——」

「これからは羽柴家の忠実な同盟者として、秀吉殿の覇業を支えて大きな貸しを作るのです。そして羽柴家が天下を取った暁には、その中において大きな地位を占める。それこそが、我が徳川家をもっとも栄えさせる一番の策にござります」

数正はそう言い切って、頑として譲る気配はない。自分の意見によほどの確信があるらしい。

私は少しだけ不満を込めた口調で尋ねた。

「だが、そうやって儂が手を貸して仮に羽柴家が天下を取ったとして、あの狡猾な秀吉がその後も素直に儂を厚遇すると思うか？」

「それは、やり方次第にござりましょう。盟友として懐に入り込み、縁組をして姻戚関係を濃くしていけば、秀吉殿も無下にはできぬはずです」

「そうは言っても、縁組しようにも秀吉の家にはとにかく子がおらぬではないか。まったく、秀吉といい弟の秀長《ひでなが》といい、どうしてこうあの家は男児が産まれぬのか」

「男児はおらぬとも、秀長様には姫君がおられますし、甥の秀次《ひでつぐ》様はまだお若い。縁組など、いくらでもやりようはあります」

するとと末席のほうから、怒りに満ちた荒々しい声が上がった。

「石川様。ろくに戦いもせずして、最初から秀吉めに従うことありきで話をするのは、いかがかと思いますぞ！」

その声と共に立ち上がったのは本多忠勝だった。あいつが出てくると話が毎回ややこしくなる。私はうんざりして思わず指で眉間を押さえた。

「石川様は、我が徳川に将なしとお思いか。この場におられる皆、家康様のためならすぐにでも命を捨てようという忠義の士ばかり。たとえ数では劣ろうとも、決して秀吉めの軍に後れを取るようなことはございませぬ。それなのに、一度も戦わずしてその軍門に降《くだ》ろうというのは、あまりに早計にござりましょうぞ！」

忠勝が怒鳴るような声でそう言うや否や、そうだそうだ、と同調する野太い声の野次が飛び交う。

これが我が徳川家の家風、というか三河の地に古くから染みついた風土だ。よく言えば剛毅朴訥、悪く言えばただの勢いだけの猪武者の集まりである。

何よりも忠義を重んじ、二言目には「殿のために死にます」と言えばなんでも許されると思っている我が家臣たちは、可愛い時もあるが、めんどくさい時のほうが正直言ってずっと多い。

私も内心では忠勝の意見に賛成なのだが、かといって奴の乱暴な物言いを許しては示しがつかない。私はまず忠勝の無礼を叱りつけてから、数正に尋ねた。

「数正よ。お主はこの徳川家の外向きの仕事を一手に握っておる。それで秀吉の強さを一番肌で感じているゆえ、そのように申すのであろう。では、秀吉がどれほど強く、我が徳川がなぜ勝てぬのか、忌憚なく申してみるがよい」

私の問いに対して、数正は立て板に水がごとく、よどみなく答えた。

「はい。まず、信雄様と我が徳川家を足した兵力はおよそ三万。それに対して羽柴家の兵力は五万ほどですから、これだけを見ればたしかにほぼ互角ではあります。しかし、丹羽家、池田家、滝川家など、織田家の宿老たちを秀吉殿はことごとく傘下に取り込んでおりますので、その兵数は、総勢およそ十万にもなりましょう」

おお……と家臣たちの間から呻くような声が漏れた。

だが、臆病であることを何よりも軽蔑する三河の風土においては、敵の数を聞いたことで態度を変えるなど、男子の風上にも置けない振る舞いである。内心の恐怖を吹き飛ばしたいのか、必要以上に怒りのこもった乱暴な野次が飛ぶ。

「あの忠義者の丹羽長秀殿と池田恒興殿が、織田家を乗っ取ろうとしている秀吉側につくわけがなかろうが！」

そんな怒鳴り声にも、数正は一切ひるまない。丹羽家と池田家はもはや骨抜きで、秀吉に尻尾を振る犬に成り下がったのだと丁寧に反論するのだが、風聞でしか状況を知らない家臣たちはまったく信じようとしない。激しい口論になりかけたのを、私が一喝して黙らせた。

「続けよ数正。その他に、我々が秀吉に勝てぬ理由は何がある」

「秀吉殿は本能寺の変のあとに京の治安を落ち着かせ、その後も巧みな手腕で京を治めております。そのため朝廷の覚えもめでたく、近いうちに高い官位を授かるやもしれぬという噂もあるとか」

「朝廷の覚えなど、この乱世でなんの腹の足しにもならぬわ！」

「さらに秀吉殿は、淀川の水運と街道筋の交わる大坂に巨大な城を築き、各国から商人たちを集めております。加えて南蛮との交易の要である堺の港を押さえたことで、いまやその財力たるや想像を絶するものにございます。蔵に収めた財貨と鉄砲の本数は数知れず――」

「錦を着て、ぶくぶくと肥え太った弱兵に何ができようぞ！」

駿府以上の都会を見たこともない田舎者ばかりの家臣たちは、秀吉の強さをひとつひとつ根気強く説明する数正の物言いを、どこか馬鹿にされたように感じてすっかり感情を逆撫でされていた。

数正がどれだけ理を尽くして説明しても、乱暴な野次がその冷静な言葉をかき消してしまう。こんなものは議論でもなんでもなく、これ以上続けても無駄に家中を引き裂くだけだ。私は罵声の飛び交う広間に向けて大声で一喝した。

「静まれい！　たわけ者どもが！　もうよいッ！」

別に、家臣たちに迎合しようというつもりはない。

家臣たちのほとんどは理解できていないが、数正の分析は正確で、どれも至極まっとうなものなのだ。非があるのは、そんな数正の分析を口汚い野次で潰そうとする、頭の足りぬ家臣どものほうだ。

私に怒鳴りつけられたことで、さっきまでの熱い場の空気が一気に冷め、大広間が嘘のように静まり返る。

「先ほどから、数正の申すことに考えもなく罵詈雑言を吐いておった者どもは恥を知るがよい！　軍議の場は誰もが等しく考えを述べる場じゃ。時には意見が合わぬこともあろうが、以後、それを理由に相手を貶めるような言葉を吐くことは断じてまかりならぬぞ！」

　呼びかけたのは全員だが、私が代表して睨みつけたのは本多忠勝だった。その言葉に、さっきまで猛々しく数正を責め立てていた者たちが、しゅんとなって一斉に肩を落とす。これでようやく、まともな議論に戻れる。

「私が思うに、数正の申すことはどれも正しい。秀吉は強大で、信雄様の軍を足したところで、勝てる可能性は限りなく低い」

　私までもがいきなり悲観的なことを言いだしたので、家臣たちが少しだけざわつく。私はかまわず言葉を続けた。実は、結論が最初から決まっているのに私がわざわざ軍議などを開いたのは、ここから先の話を家臣たちに伝えるためなのだ。

「だが、理はこちらにある」

　まるで自分で自分に言い聞かせているようだな、と言いながらふと思った。

「秀吉めは、最初は信雄様を奉じて信孝様を倒した。それなのに、信雄様が自分に都合が悪くなったと見るや、今度はすぐに信雄様を切り捨ておった。これが秀吉という男の、隠された汚い本性じゃ」

　家臣たちは皆、固唾を呑んでじっと私の話を聞いている。私は十分に間を取ったあと、ゆっくりと言葉を継いだ。

「儂は、そんな秀吉が許せぬ。たとえ勝ち目が薄かろうとも、そんなことは知ったことではない。信雄様と手を結んで秀吉を討ち、秀吉に囚われた三法師様をお救いするのじゃ。我々は、大恩ある信長公の作り上げた織田家を、なんとしても再び我らの手に取り戻さねばならぬ。亡き信長公も必ずや、それを泉下で望んでおられることであろうぞ！」

勇壮な私の演説を聞いて、猪武者揃いの家臣たちの目の色が変わった。すっかりその気になった家臣たちは、私の問いかけに「おう！」と本丸御殿全体が揺れるような大声で答えた。そしてそのまま一斉に立ち上がって、

「やったるがや！　秀吉の奴に、目に物見せてやるわ」

「羽柴何するものぞ！　猿の好き勝手はさせぬ！」

などと口々にわめき散らし、最後は拳を突き上げて「えいえいおう」と何度も唱和した。

本当は、あのうつけ者の信雄様を助けてやる義理などないのだが――

一瞬だけそんな冷めた考えが頭をよぎったが、これでもう、泣いても笑ってもあと戻りはできない。信長様の遺志を継ぐための、私の一世一代の大博打がはじまる。

その日の夜、私は秘かに石川数正を呼び、二人だけで話をした。酒肴を用意させ、

徳利を差し出す。数正は恐縮しながら私の注いだ酒を受け、盃に軽く口をつけた。

「今日はすまなかったな。お主を吊し上げるような形になってしまった」

「いえ。いつものことゆえ、もう慣れております」

そう言って数正は、自嘲的な苦笑いを浮かべた。

数正が一手に引き受けている外交などというものは、痛み分けやら妥協やら歩み寄りやら、内実を知らない外部の人間が見ると白黒のはっきりしない、なんとも歯がゆい結論となることがほとんどだ。それで数正は事あるごとに、ややこしいことを嫌う猪武者の家臣たちから、

「あ奴が弱腰なせいで、せっかく我々が血を流して戦に勝ったというのに、徳川の取り分はいつも少ない」

「なぜ倒した敵を根絶やしにせず温情をかけるのだ。奴は敵とつながっているのではないか」

などという根拠もない中傷を受けている。

だが、それでもなお数正は長年にわたり、自分がやらねば誰がやるのです、と言ってこの汚れ役を進んで引き受けてくれていた。

「つらくはないのか？」

私がそう尋ねると、数正は莞爾《かんじ》として答えた。

「ははは。今さら何をおっしゃられますか。水くさいですぞ、殿」

「それはそうなのだが……昔から、お主には損な役回りをさせてばかりじゃ」

「いやいや。織田や今川の人質だった頃に比べればこんなもの。しょせん、相手にするのは家中の者ですから、ずっと気が楽でございます」

数正にそう言ってもらえて、心がすっと軽くなった。

「はは……たしかに、あの頃はお互い、本当につらかったの」

「ええ。肩身が狭くて、いつも誰かに頭を下げておりました」

それから長いこと、私と数正は幼かった頃の思い出話に花を咲かせた。

今川の人質になるために三河を出発したのに、途中で織田に拉致された夜のこと。人質交換で今川に戻され、初めて見た駿府の町があまりに壮麗で驚いたこと。

それらの記憶の中の景色には、常に数正の姿があった。


ひとしきり談笑したあと、私は話を戻して数正に改めて詫びた。

「数正よ。お主にとっては、私の判断は馬鹿なことに見えるかもしれぬ。だが、私はこれがあるべき道だと信じておるのじゃ。どうか力を貸してくれ」

数正はそれに、温和な微笑を浮かべて答えた。

「殿がそうお考えなのであれば、仕方ありませぬ。私は常に、徳川家が生き延びることを一番に考えておりますゆえ、殿にとっては口うるさいと感じられることを申し上げることも多々ありましょう。ですが結局、家臣の務めとは、主君の熱き思いに最後まで寄り添うことと心得ております。存分に、お好きなようにやりなされ」

「かたじけない。数正にそう言ってもらえると、本当に心強い」

すると数正は、やおら不敵な笑みを浮かべると力強く言った。

「それよりも、かくなる上は絶対に勝たねばなりませぬぞ殿。この先は相手を選り好みせず、まだ秀吉殿に屈していない者には片っ端から声をかけていきましょう」

「おお、そうじゃな。だが、片っ端とはいうが、いったいどこに声をかけるというのだ」

「関東の北条には同盟の誼《よしみ》で援軍を求めます。あとは土佐（高知県）の長宗我部、中国の毛利、越中（富山県）の佐々成政《さっさなりまさ》に、紀州（和歌山県）の根来《ねごろ》、雑賀衆《さいかしゅう》。あるいは本願寺も……」

「しかし、織田と徳川に縁もゆかりもない彼らが、そうそう易々と私に味方などしてくれるものだろうか」

「そんなものは、言い方次第でなんとでもなりましょう。敵の敵は味方にござります。我々が倒されれば、次に秀吉に狙われるのは自分であると皆わかっておりますゆえ、その点を脅すように言えば、誰もが間違いなく話に乗ってきます」

「なんだか、むずがゆいの」

「は？」

徳川が生き延びるため、私のわがままにも嫌な顔ひとつせず真剣に策を考えてくれている数正には申し訳なかったが、私は自分が何やら分不相応なことをやっているようで、滑稽な気持ちになるのを止められなかった。

私は三河の弱小領主の出だ。これまで私は強敵を目の前にした時、幾度となく周囲の大名たちに手を貸してくれと懇願したものだ。だが、吹けば飛ぶような存在の私の要請に、耳を傾けてくれるようなお人好しはほとんどいなかった。

それがいまや、私はすっかり反秀吉の盟主だ。

織田家の古くからの同盟者で、しかも五か国を有する大大名である私は、秀吉に反抗できる大義名分と実力を有する唯一の存在である。そしてそれは、秀吉のことをよく思わないこの国すべての者たちにとって、私が唯一の希望ということでもあった。

そんな思いを背負って戦う私の戦いの結果次第で、彼らの運命も決まるのだ。

自分ごときが他人の運命をも左右してしまうような大きな存在になったことに対して、喜びも優越感も何もなく、ただ重苦しいため息だけが漏れた。

その日から、石川数正は寝る間も惜しんで諸大名への調略にいそしんだ。

その様子は鬼気迫るもので、目の下を落ちくぼませた数正のやつれた顔を見て、私はたまらず「数正、少し休め。そのままでは死ぬぞ」と声をかけた。すると、数正は思いのほかしっかりとした声で、

「ここで私が休んで調略が滞れば、徳川家全員が死ぬのですから」

と答えて、大丈夫ですと笑った。

たしかにそれは事実なのだが、自分のわがままのせいで数正に余計な苦労をかけてしまっているようで、私はどうにもいたたまれなかった。

「それにしても、諸大名からの反応は思った以上でござりますな。佐々成政殿と根来・雑賀衆は我々に与すると即座に答えてくれましたし、長宗我部殿も前向きです。これだけお味方が集まれば、秀吉殿の足元をすくうことも十分に可能かと」

「ああ。まさかここまで集まるとは思わなかった。さすがは数正じゃ」

「いえいえ。これもひとえに殿のご人徳と、徳川家の力のなせる業でございます。それで、せっかくですからこれに加えて、秀吉殿の出鼻をくじくためのひと工夫を施してやろうかと」

そう言うと、数正はニヤリと笑う。

「ひと工夫?」

「ええ。この戦い、秀吉殿も家康様も百戦錬磨の戦巧者なれば、勝敗は心の持ちよう

で左右されましょう。焦って心を乱した者の負けでございます。特に我が方は地力では劣りますゆえ、とにかく徹底的に秀吉殿の目算を狂わせていかねばなりませぬ。いつもと違う、何かがおかしい、というちぐはぐな感じを積み上げていき、じわじわと秀吉殿の苛立ちを誘っていくのです。そこで――」

するど数正は私のそばに寄って耳元に口を寄せ、小声で囁いた。

「すでに服部半蔵に命じて、洛中に多くの偽の風聞をばらまいております。茶屋四郎次郎殿にも、堺と大坂に嘘の噂話をできるだけ流すよう力添えをお願いしました」

「おお。それはどのような」

「どの大名も、強大な秀吉殿に楯突くことに二の足を踏んでいる。徳川の調略はうまくいっていない――そういう話を秀吉殿に信じ込ませておくのです。それで」

「ほほう」

「秀吉殿が大坂を出陣しようとする直前になって真相を明かし、皆が一斉に反秀吉に立ち上がったかのように見せます」

「ははは。それはさすがの秀吉も、さぞや肝を冷やすであろうな」

「ええ。秀吉殿を徹底的に驚かせ、焦らせ、いったい次は何が起こるのだろうかと疑心暗鬼に追い込むのです。さすればあの知恵者の秀吉殿とて、普段の気働きがほとんどできず、自ら下手を打って負けを呼び込むこともございましょう」

「おお、数正よ。秀吉を陥れんとするお主の智謀、まさに漢の張良《ちょうりょう》のごとしじゃな」

「いえいえ。私ごときに誠にもったいないお言葉にございます」

数正はそう言って、恐縮しながら頭を下げた。

三．羽柴秀吉の独白

儂との面談を終えた丹羽長秀殿が帰ったあと、儂は傍らに控えた官兵衛に向かって、「織田家とはいったい、なんだったのだろうな」

と思わずつぶやいた。官兵衛は黙って頷く。織田家の崩壊は自分にとって非常に好都合なことではあるのだが、儂の心に湧いてくるのは寂しさだけだ。

長年にわたり、力を合わせて共に信長様の覇業を支えていた六人の宿老のうち、明智光秀殿と柴田勝家殿は儂が討ち取った。柴田殿と共に戦った滝川一益殿は剃髪し、儂に恭順を誓った。

残った宿老は儂と丹羽長秀殿と池田恒興殿の三人。現実がよく見えて決して無理をしない丹羽殿は、儂の実力を見て対抗することは無理だと悟ったのだろう。早々に臣下の礼を取り、羽柴家の家臣として生きる道を選んだ。

かつて、あの気難しい信長様から「長秀は友であり、兄弟である」とまで言われ、信長様の養女を妻にもらい受けたほどの丹羽殿ですらこの有様である。もはや織田家に死ぬ気で義理立てをしようなどという者はほとんどいない。

本能寺の変が起こるまで、儂は己の人生のすべてを織田家に捧げてきた。

その織田家が、信長様ただ一人が欠けただけで砂の城のようにあっという間に形を失っていく姿は、本音を言うとあまり見たくはなかった。

「問題は、池田恒興殿のほうじゃな。抜かりはないか」

「ええ。戦に勝った暁には、美濃・尾張・三河の三か国を与えるという話をしたら、ひとつも迷いなく食いついてきました。池田様は所詮、利に転んであちらへふらふら、こちらへふらふらと右往左往するだけの御仁にござりますゆえ、これだけの破格の条件を出せば、彼の心は固いでしょう」

「そうかそうか。信雄様の驚く顔が目に浮かぶわ」

すべてにおいて甘っちょろい信雄様は、池田殿が自分の側につくと信じて疑っていない。それは信雄様の家臣たちの配置を見れば一目瞭然だった。

池田殿は信長様の乳兄弟《ちきょうだい》。(注2)主君とはもっとも深い絆で結ばれている間柄だが、そんな者ですら、かつての恩義を忘れて簡単に裏切るのが昨今の世のならいだ。

「ええ。池田様はもう、同格の宿老としてではなく、秀吉様を主と仰ぎ、その下につくことを宣言されましたから――」

官兵衛がにこりともせず、まるで織田家の死を宣告するように言った。

「名目上はともかく、実際にはこれで、織田家は消滅したと言ってよいでしょうな」

儂はその言葉に、「そうか」とだけ答えた。

できるだけ無表情を保ち、なんの感慨もない素振りをしたが、それは精一杯の演技だ。心の中に北風が吹くような寂寥感とともに、儂は心の中で、静かに泣きながら信長様に何度も詫びていた。

だが、こんな身勝手きわまりない涙になんの意味などありもしない。泣いて謝るくらいならば、儂は最初から三法師様を支えて織田家に尽くせばよかったのだから。

自分の身を守るためとはいえ、そうではない道を選んだ時点で儂の罪はどうやっても言い逃れはできない。信長様の息子である信孝様を、私は殺している。

だからこそ儂は、胸を張らねばならない。

死後に地獄で信長様にお会いした時に、儂は悪びれることなく堂々と「織田家をまるごと頂戴いたしました」と報告できるようにならねばならないのだ。きっと信長様は儂をさんざんに罵倒し折檻してくるだろうが、それでも毅然としてその責め苦を受けることが、信長様に対してできる儂の精一杯の償いである。

儂は心の中で、これまでの頼りない「織田家家臣・羽柴秀吉」からの訣別を誓った。

それから二か月経った三月。

緊迫感を増す織田家と羽柴家のことなどおかまいなしに、水はぬるみ青草が芽生えはじめ、季節はのどかな春に移っていた。

もはや、信雄様と戦う準備は万端で、あとはきっかけを待つだけだ。

戦になった時の一番の懸念は中国の雄である毛利家の動向だったので、儂は黒田官兵衛と蜂須賀《はちすか》正勝《まさかつ》を姫路に送っていた。

彼らには、毛利家の重鎮・小早川隆景《こばやかわたかかげ》と綿密に連絡を取り、毛利家に変な動きをさせないよう命じている。毛利家を脅しつつ懐柔するという硬軟織り交ぜた難しい役どころだが、あの官兵衛のことだから心配はひとつもない。

阿呆の信雄様は、ありがたいことに開戦のきっかけを自分から用意してくれた。

信雄様の家老衆に、津川義冬《つがわよしふゆ》と岡田重孝《おかだしげたか》という者がいる。二人は以前から儂に近かったのだが、謀反の疑いありとして信雄様が二人を処刑したのだ。儂は、

「津川と岡田に謀反の意図などなかったのに、儂と親しいというだけであらぬ疑いをかけて殺すとは、織田家の当主にあるまじき短慮である」

と必要以上に芝居がかった激怒をしてみせて、家臣たちに出陣を命じた。

織田家の宿老をすべて味方につけた我が陣営の兵数は十万は堅い。信雄様と家康の

連合軍は、おそらく三万も出すのが精一杯だろう。これだけの勢力差があれば、あとはただじわじわと押し潰していくだけのことである。

儂は京に数万の軍勢を集結させ、三月十日に先遣隊として尾張に出発させた。それに対して信雄様は、我が方に属する北伊勢の亀山城を囲んで盛んに攻め立てている。亀山城を確保し、そこを拠点として伊勢で我が軍を迎え撃とうという魂胆なのだろう。

「自分に都合のよい状況しか見ようとせぬ。本当に御しやすい方じゃ」

その備えを見れば、儂が鈴鹿の山を越えて北西の伊勢方面から攻め寄せてくると信雄様が思い込んでいることは明白だった。信雄様は、池田恒興殿がいる北の美濃方面への備えをことごとくひっぺがして伊勢の戦線に回している。そのせいで尾張と美濃の国境、木曽川のほとりにある犬山城はがら空きだ。

「池田殿が秘かに我が方についていると知ったら、信雄様はきっと顔を真っ赤にして怒り狂うのであろうな」

儂はニヤリと笑うと、傍に控えた石田三成にそう声をかけた。三成は儂の小姓だった男で、目端が利くところが気に入ったので、最近は近辺に置いて勘定方の仕事などをやらせている。三成は儂に調子を合わせるように「そうでございますな」と言って笑った。

「祐筆（注3）を呼べ。池田殿と森殿に指示を出す」

儂は池田恒興殿と、池田殿の婿である森長可《もりながよし》殿に書状を送り、犬山城に奇襲をかけて落とすよう命じた。すると三月十四日に、犬山城がひと晩であっさり落ちたとの報が届いた。

その一方で儂は、信雄様の軍に攻められている亀山城の救援のため、滝川一益殿や蒲生氏郷《がもううじさと》らを向かわせた。氏郷は有能な男であるし、滝川殿も関東で敗れて落ち目になったとはいえ、腐っても歴戦の猛者だ。たとえ戦上手の家康が援軍を送ったとしても、これで亀山城が落ちることはない。緒戦は我が方が手堅く勝ちを収めたと言っていいだろう。

尾張の北の守りの要である犬山城を失って、さて信雄様はどうやって自らの所領を守るのか見ものじゃな、などと考えながら、儂は悠々と翌日の本隊の出発に向けた支度をしていた。

ところが、そこにいきなり早馬の知らせが飛び込んできた。

「越中の佐々成政殿、ご謀反にござります！」

なんだと？　奴は日和見を決め込んで、これまで旗幟《きし》をはっきりとはしてこなかったはず。ここへきて急にどうしたのだ、と儂は一瞬だけ戸惑ったが、すぐに平静を取り戻した。

成政はいまだに織田家への義理にこだわっている頭の固い男で、間違いなく儂に楯突くだろうと睨んでいた。それなのにいままでなんの動きも見せなかったので、むしろ不自然だと思っていたくらいだ。別に驚くには値しない。

そうか、とだけ答えて明日の支度を再開すると、また早馬が飛び込んできた。

「関東の北条氏直殿、徳川軍を支援するため国元より兵を送ったとの報せ！」

まぁ、それは当然そうだろうな。

家康の娘は北条氏直に嫁入りし、両家は同盟を結んでいる。すっかり腰が引けていると聞いていた北条が、一転して儂に刃向かう姿を見せるとは少々意外だったが、これも想定内――

ここまでは落ち着いて聞いていられたが、その次の早馬がやってきた時にはもう耐えられなかった。

「土佐の長宗我部元親殿、かねてからの和約を破り、讃岐に向けて軍を出発させました！　さらに、安芸の毛利輝元《てるもと》殿にも共闘を呼び掛けている模様！」

「はあああ!?　これはどう考えてもおかしいじゃろ！　なぜよりによってこの時期に、こうも次々と離反の動きが起こるのじゃ！」

それまで露ほども怪しい素振りを見せてこなかった諸大名たちが、土壇場になって一斉に儂に反旗を翻してきた。

「ぬう……これは。いったいどんな手を使いおったのだ、あの狸親父め……」

歯噛みする儂のもとに、さらなる悪い知らせが届く。

「紀州の雑賀衆と根来衆が、秀吉様の御不在を狙って大坂城を襲おうと北上しているとのこと！」

儂は思わずカッとなって、石田三成を呼びつけて怒鳴るように命じた。

「ええい！　いますぐ官兵衛を大坂に呼び戻せ！」

「し、しかし黒田様がいま大坂に戻られては、毛利への備えが……」

「別にかまわぬ！　官兵衛の調略はもう十分毛利に効いておる。あの腑抜けの毛利輝元のことじゃ、もはや多少手薄にしても後難を恐れて襲ってなどこぬわ。毛利への備えは宇喜多《うきた》家に任せておけばよい！」

「は……ははっ！」

「雑賀や根来の奴ばらは蝿のようなものじゃ。払っても払ってもきりがないが、かといって刺すわけでも噛みつくわけでもない。官兵衛が留守居役で大坂城に残っておれば、多少はうるさく跳ね回っても、それで大坂城が揺らぐようなことはない！」

そう命じると、次に祐筆を呼んで各地への指示書を次々と書かせる。

越中の佐々成政は、能登（石川県）にいる前田利家に食い止めさせる。

北条が徳川に援軍を送れないよう、常陸（茨城県）の佐竹義重《さたけよししげ》や下野（栃木県）の国衆たちに、北条の背後を脅かすよう命じる。加えて、この際多少は譲歩してもかまわないので、以前から進めていた越後の上杉景勝《かげかつ》との同盟の交渉を大至急まとめるよう三成に命じた。

上杉家は、東国で北条家と互角に戦える力を持つ数少ない大大名だ。とにかく形だけでも上杉との同盟が成立できれば、北条家が本国を手薄にして徳川に大規模な援軍を送ることはきわめて難しくなる。

「土佐の長宗我部まで徳川方に転びおったか……浅はかな奴め……」

ここは非常に悩ましかったが、四国は多少切り取られてもこの際仕方がないと割り切り、放置しておくことにした。これだけ四方八方から一度に火の手が上がってしまっては、そこまで火消しの手は回らない。

ただ、中国の毛利と長宗我部が手を組むことだけは絶対に避けなければ危険なので、儂みずから小早川隆景に書状を送って釘を刺しておいた。隆景は賢い奴だから、ちゃんと大局を見ることができる。仮に当主の毛利輝元が軽々しく長宗我部の誘いに乗るような素振りを見せても、きっと上手く操って絶対に馬鹿な真似はさせないはずだ。

各地で一斉に火を噴いた、儂への敵意。こんなにも儂は嫌われていたのかと、ほんの少しだけ悲しくなる。だが、力ずくで天下を取ってやろうというのだから、敵だらけなのは当然ではないかと即座に気持ちを切り替えた。

信長様もかつて、こんな心境で独り戦っていたのだろうか――そんな思いがふと頭をよぎる。この真夜中の沼のような孤独感はきっと、実際にこの立場に立った者にしか理解はできない。

それでも、儂はいま信長様と同じ道を歩いているのだと思えば気力も湧いてくるし、そもそも百姓あがりで異例の出世を遂げた若い頃から、儂は他人に悪意を向けられることには慣れている。

「儂を包囲しようだなどと、小賢しい真似をしよるわ家康……」

正直言って、家康の下にこんな器用な芸当ができる家臣がいることが儂には意外だった。

本多忠勝をはじめとする徳川家の将たちの勇猛さと、三河兵の粘り強さには昔から定評がある。むしろ三河武士といえば、槍の扱いしか知らず、ろくに字も書けぬような荒くれ者ばかりというのが世間一般の印象だ。そんな徳川家に、ここまで巧妙に外交と調略をこなすだけの知略を備えた者がいたとは。

慌ただしく各地への対応の手配を済ませ、官兵衛も姫路から大坂に戻ってきたことで、ようやく儂が大坂を出発できる目途が立った。

まったく、気の休まる暇もないわと儂がほっとひと息ついたその時、今度は尾張から早馬が飛んできた。

池田恒興殿と森長可殿が率いる両軍、犬山城を出て家康の籠る小牧山城を攻めようと羽黒に布陣したところを、徳川軍の夜襲を受けて敗北――

「何をやっておるか、まったく使えぬ日和見どもめッ!」

儂は思わず脇息《きょうそく》を叩いて怒鳴った。

四．徳川家康の独白

我々の側につくと見られていた池田恒興殿が羽柴方につき、犬山城を奇襲して落城させたとの報が届いたのは、三月十四日のことだった。

これでは尾張の北側はがら空きだ。仕方なく私は翌三月十五日に、犬山城と清洲城のちょうど中間あたりにある小牧山城に一万六千の兵を入れた。城とはいっても、平野のど真ん中にある小山に多少の柵と堀を施した程度の小城で、押し寄せてくる秀吉の大軍を食い止めるにはいかにも心細い。

「どうしよう家康殿。このままでは尾張が……」

信雄様が目に見えてオロオロしはじめたので私は失望した。

そんなに怯えるくらいなら、最初から秀吉に刃向かわずにおとなしく尻尾を振っておけばよかったのだ。この方は基本的に、万事に対して覚悟が足りない。思いつきと衝動だけで行動し、それで起こった結果を見てガタガタと震えている。

「少し落ち着きなされませ信雄様。まだ犬山城が奪われただけにござりましょう」

「しかし、犬山城は尾張の北の守りの要じゃ。それがたったひと晩で――」

「それにしても、いかに予期していなかったとはいえ、一度の夜襲であっさり落ちるとは、犬山城もずいぶんと脆かったですな」

すると信雄様は、悪戯が見つかった童のような、ばつの悪そうな顔をしてボソリとつぶやいた。

「それは……城主の中川定成《なかがわさだなり》が、亀山城攻めに行っていて不在じゃったから……」

「なんと⁉　国境の城を留守にさせたのでござりますか⁉」

「だって、あの池田のおじさんが儂を裏切るはずなど……」

なんという甘っちょろい御方か。私は目の前が暗くなる気がした。

信雄様は、信長様の乳兄弟にあたる池田恒興殿とは幼い頃から家族のように親しくして育った。それで、あの池田殿が儂を見捨てるわけがないと根拠もなく思い込んで、美濃への守りを手薄にして北伊勢の亀山城攻撃に執心していたわけだ。

そりゃあ、城主をひっぺがして他の城を攻めるのに回していたら、ひと晩で落城してもなんの不思議はないでしょうな、と皮肉のひとつも言ってやりたいところだったが寸前で堪えた。実に情けないことだが、いまはこの思慮の足らぬ信長様の次男坊が、私の主人ということになる。

「いいえ、犬山が落ちたとはいえ、まだ尾張全部が奪われたというわけではございませぬ。小牧山城で敵を食い止める役目は我が徳川が務めますゆえ、信雄様にはいったん本拠地の長島城にお戻り頂いて、伊勢方面の戦いの指揮をお頼み申します」

私がそう言った途端、残念なくらいにはっきりと、信雄様の顔が明るくなる。

「おお、そうであるか。家康殿が小牧山に入ってくれれば百人力じゃ。それでは任せたぞ」

一番危険で厄介な役回りを体よく押しつけられた形となった私は、これも信長様の遺したものを守るためだと自分に言い聞かせて、黙って頭を下げた。

信雄様の前を去ったあと、酒井忠次と石川数正の家老二人と今後の方策について相談する。

「まぁ、むしろ我々だけで戦えたほうが、余計な足手まといがなくて好都合ではないですかな。頭数だけ揃えたところで戦に勝てるとは限りませぬゆえ」

そう言って忠次は快活に笑う。どんな苦境においても、あっけらかんと「まぁ人間、最後は死ぬだけですから」で済ませてしまうこの男の明るさに、私は何度助けられてきたかわからない。

「うむ、まさにそのとおりじゃ。御神体が口うるさく祟りじゃお供え物じゃと言ってくるようでは、神輿を担ぐほうも難儀でたまらぬ」

「ははは。たしかに、御神体には黙っておいて頂くのが一番でござりますな」

冗談を言って笑い合う私と忠次の脇で、石川数正は一人、不安そうな表情を崩さない。徳川家を支える二人の家老のうち、戦働きの要である忠次は大雑把で竹を割ったような性格だが、それとは対照的に、外交と内政の要である数正は律儀で心配性だ。そして何より、秀吉の強さを徳川家の中で誰よりもよく知る男でもある。

「そう案ずるでない、数正よ。そんな顔をしていては、勝てる戦も勝てなくなるぞ」

私はそう言って数正の肩をぽんぽんと叩いた。

数で劣る我々にとって、緒戦の勝ち負けは非常に大きな意味を持つ。

ここで敵の鼻っ面にいきなり痛撃を食らわせることができれば、勝って当然と思っていた敵方に「こんなはずがなかった」という戸惑いを植え付けることができる。ましてこちらは信雄様が犬山城を奪われたばかりだ。ここで徳川軍まで連敗するようでは、じりじりと秀吉の物量に押し込まれていってしまうだろう。

犬山城を占拠した池田恒興殿と森長可殿は、そこから少し南下したところに陣を敷いていた。二人は舅と婿の関係で、池田殿は織田家の宿老として幾多の戦を勝ち抜いてきた歴戦の手練れであるし、森殿は信長様の小姓だった森蘭丸《らんまる》の兄で、「鬼武蔵」の異名を取る猛将だ。いずれも手強い。

「奇襲じゃな」

「ええ。これだけ兵数に差があるのに、真正面から当たるのは馬鹿のすること」

酒井忠次と私に、迷いはなかった。

慎重に物見に探らせてみると、羽黒に陣を敷いた森軍は、少しばかり池田軍よりも前に出すぎているようだ。

「森殿は舅の池田殿のために、功を焦っておられるのでしょうな」

その迂闊な陣立ての理由について、忠次がそう分析した。

「信雄様を捨てて秀吉殿の側についたばかりで、池田殿も羽柴家の中でまだ微妙な立場なのでしょう。それで、舅のためにここで大きな手柄を立ててやらねばという焦りから、森殿はこんなに突出して陣を構えてしまっている」

「狙い目じゃな」

「ええ。両軍の位置がこれだけ離れていれば、襲撃を受けた時に池田殿の援護が到着するのはかなり遅くなります。うまく寝込みを襲えば、ほとんど反撃を食らう前に引き揚げられましょう」

酒井忠次の言葉に私は満足げに何度も頷くと、忠次と松平家忠《まつだいらいえただ》に五千の兵を与え、今晩のうちに出立して森軍を討つよう命じた。

私はその晩、清洲城で戦果を待ちながら眠れぬ夜を過ごした。

月はまだ満月に近く、夜襲には不向きであったが、幸いなことに今晩は空に厚い雲が垂れ込めており月明かりはほとんど届かない。いまごろ戦が行われているであろう北東の方角をじっと見つめて、忠次の手腕を信じて待つ。

戦の結果を知らせる早馬が清洲城に駆け込んできたのは、東の空がだいぶ白んだ頃だった。「伝令到着」の声を聞くや私は待ちきれずに駆けだし、本丸御殿の玄関まで出たところでその報告を受けた。

「松平家忠様、酒井忠次様の軍、見事に敵軍を打ち破り、大勝利にござります！」

「そうか！　でかした忠次！　いまごろ秀吉めも泡を食っておるはずじゃ！」

私は喜びのあまり拳を振り上げ、腹の底から雄叫びを上げた。私のあとをついてきた家臣たちも一様に歓喜の声を発し、互いの肩を叩き合う。

その後、早馬が次々と駆け込んできて、詳細な状況が次第に明らかになった。

さすがは精強な森長可殿の軍で、忠次の奇襲にも決して冷静さを失わず、すかさず応戦してきたという。だが、最初のうちこそ大崩れせずかろうじて持ちこたえた森軍だったが、その状況を見た松平家忠が側面に回り込んで鉄砲を撃ちかけたことで、たまらず陣形を崩した。

さらに、忠次が送り込んだ二千の別働隊が背後を衝こうと回り込んでいるのを見て、森殿はこのままでは包囲されてしまうと感じて撤退をはじめたということだ。それを見た忠次も、池田恒興殿が森殿の救援に駆けつけてきたら厄介だと、深追いはせずに兵を退いた。

私は、周囲の者たちに見せつけるようにわざとらしく大笑いし、不必要に大きな声で機嫌よく叫んだ。

「これで、万全の形で羽柴軍の本隊を迎え撃てるわい。見たか秀吉ィ！　徳川を舐めてかかると痛い目に遭うぞッ！」

その叫びに応えるように、周囲の者たちが一斉に「おう！」と鬨の声を上げた。

三月二十一日に、秀吉が三万の兵を率いて大坂を出たという報がやってきた。その四日後には岐阜城に入り、さらに犬山城のそばまで前進して木曽川の対岸の鵜沼に陣を置いた。それを受けて私も、清洲城から最前線の小牧山城に移る。

私は、秀吉が来るまでの間に小牧山城の守りを徹底的に強化するよう家臣たちに命じていた。数で大きく負けている我が軍は、できるだけ城に拠って戦い、損害を減らす必要がある。それに加えて、私としては籠城戦に持ち込んで、できるだけこの戦を長引かせたいという狙いもあった。

いま、この国のすべての大名たちが固唾を呑んでこの戦いの行方を見守っている。おそらく八割くらいの者たちは、圧倒的な力を持つ秀吉が、赤子の手をひねるように数日で我々を蹴散らすだろうと見ている。

だからこそ大事なのは「徳川が意外と踏ん張っている」と思わせることだ。最初にそういった印象を植え付けられれば、戦が長引くほどにそれは「どうして羽柴は手こずっているのか」に変わっていく。そこから「案外、徳川は強いのかもしれない」「秀吉の強さも思ったほどではないのかもしれない」になるまで、大した時間はかからない。

そして周囲に「ひょっとしたら」「もしかすると」という雰囲気が芽生えはじめたら、もうこっちのものだ。わずかでも均衡が崩れ、どちらか一方が勝つ可能性がほんの少しでも強まると、一刻も早く勝ち馬に乗ろうと誰もが一斉に有利な側に殺到する。勝負が決するのは、いつも一瞬である。

そんな戦の恐ろしさを、私は信長様の後ろで何度も見てきた。だから一瞬たりとも気は抜かない。このまま秀吉を終始圧倒し続けて、絶対に奴に主導権は渡さない。

この短期間で、小牧山城の周囲にはぐるりと深い壕が掘られ、掘った土をうず高く積んだ土塁が築かれていた。兵たちもこの工事が自分たちの命を左右するということを理解しているから必死だ。ここまで堅固な守りを固めておけば、いかに秀吉が大軍で攻め寄せてこようが、そう易々とは突破できないだろう。そして時を稼げば稼ぐほど、情勢は我々に有利になる。

「さて、どうする秀吉。お手並み拝見じゃな」

五. 長久手の戦い　――羽柴秀吉と徳川家康の独白

一. 羽柴秀吉の独白

儂が新たな根城と定めた大坂城は、半年ほど前に普請がはじまったばかりで、儂が暮らす本丸御殿もいまだ仮住まいにすぎない。新しい檜の柱の香りが漂う、簡素で殺風景な部屋の一角で、儂は官兵衛と二人で来たるべき決戦の相談をしていた。

小牧での敗報について、官兵衛が冷めた口調で断じる。

「しょせん池田殿と森殿は、家康殿とは格が違います。まったく勝負にはなりますまい。おそらく陣立ての隙を突かれたのではないかと」

「ぬうう……家康め、やはり野戦の腕前はなかなかのもの」

「かくなる上は、先遣の部隊にはこの先、秀吉様がお着きになるまでは手出し無用とお命じになり、一刻も早く秀吉様が小牧に出向かれ、家康様と直接雌雄を決するより他にありませぬな。……私も、同行いたしましょうか」

「いらぬ！　お主がおらねば大坂が不安じゃ！」

儂は三月二十一日に、三万の兵を率いて大坂城を出発した。

儂が出発した翌日にはもう、忌々しい根来衆、雑賀衆どもがわっと湧き出てきて岸和田や堺の町に襲いかかり、大坂を脅かしはじめたとの報が届いた。あんな蝿のような奴らなど、すぐにでも戻って蹴散らしてやりたいところだったが、そうしている間にも小牧の戦況はどんどん悪化していってしまう。大坂は官兵衛がいるから心配はいらぬと自分に何度も言い聞かせて、儂は後ろ髪を引かれながら東に向かった。


二十七日に犬山城に到着したあと、さらに南下して最前線にあたる楽田城に入った。ここから家康が籠る小牧山城まではもう半刻（一時間）もあれば着く距離だ。きっとこの先、この楽田城と小牧山城と間に広がる野原のどこかで、儂と家康のどちらが天下を取るかを決める戦いが繰り広げられることになるのだろう。

儂を出迎えた池田恒興殿が、これまでの戦況を報告した。

「徳川軍の先鋒は榊原康政《さかきばらやすまさ》殿。徳川家康殿は小牧山城に陣を置き、酒井忠次殿と石川数正殿の二人の家老が小牧山の周囲の砦に兵を入れ、堅く守りを固めております」

兵数では我が側のほうが圧倒的に勝っているし、すぐにでも小牧山城を落として決着をつけてやろうと思ったが、それは池田殿に止められた。

「徳川軍は小牧山城の周りに壕を掘り、逆茂木を植えて我が軍の襲来に万全の備えを施しております。むやみに手を出せば手痛い反撃に遭いましょう。そこで我々も同様に、楽田城の周りに柵をめぐらし、防備を固めて睨み合っていたのです」

はぁ？　その話を聞いて、儂は思わず自分の耳を疑った。

「それでは貴殿は、敵が城の守りを固めるのを、黙って見ておられたのか」

「そ、それは、手出し無用であるとのご指示でありましたゆえ……」

「たしかに手を出すなとは申したが、小競り合いまでは禁じておらぬ！」

信長様に長年お仕えした家臣のくせに、そんなことも察せぬのか、と儂は池田殿の対応にあきれ果てていた。

織田家において「手出し無用」とは、決戦は儂が自らやるから、万全の準備で戦えるように下準備をしておけという信長様の意向を意味していた。その下準備には、敵の動きを封じるための小競り合いや妨害工作も当然含まれている。

それは織田家の家臣であれば、言われるまでもなく全員が承知していることだ。それなのに、手出し無用と儂に言われた池田殿はぼんやりと何もせず、徳川方が小牧山城の防備を固めるのを黙って傍観していたことになる。

要するに、「お主は信長様ではない」というのが池田殿の本音なのだろう。池田殿にそれとなく侮られたことが、儂の苛立ちをますます募らせる。

儂の表情が急に険しくなったのを見て、池田殿は途端に慌てはじめた。

この小心者は他人の不機嫌に必要以上に敏感で、相手が苛立っていると見るや即座に思考停止し、己の信念も感情もすべてかなぐり捨てて、ただひたすらにその場を取り繕おうとする悪い癖がある。

「で、ですが、策はあります！」

どうせそんなもの、苦しまぎれにいまこの場で思いついたものだろう。

だが、かといってあまり高圧的に否定しても角が立つので、儂はその策とやらを池田殿に尋ねた。

「家康殿を倒せぬのであれば、家康殿の住み処を荒らしてしまえばよいのです」

「住み処を荒らす？」

「そうです。徳川殿がここまで軍を率いて遠征してきたので、いま本国の三河はがら空きにござります。そこで、秘かにそちらに少数の兵を送り、田畑を焼いて町を破壊すれば、家康殿の兵たちも家族を案じて浮足立ち、戦どころではなくなります。そうなれば家康軍はただの根無し草にすぎませぬ。刈り取るのはたやすい」

「うーむ……」

池田殿は自分の策に自信満々だったが、儂はどうにも気乗りがしなかった。そんな陳腐な奇襲策に、あの家康が引っかかるだろうか。だが、かといって池田殿の策を無下に切り捨てるのも考えものだった。

池田殿は緒戦で無様に敗れたことを深く恥じて、汚名返上を願っている。いまでこそ立場は逆転して主従の間柄になったが、かつて池田殿は織田家において、雲の上の存在だった大先輩である。そんな人間が必死な顔で提案した策を無下に扱えば、儂のことを傲慢と評する者も出るかもしれないし、池田殿から意味もなく恨みを買う恐れもある。

儂はいま、織田家のいち家臣から、羽柴秀吉という日本で最強の大名に少しずつ脱皮しつつあるが、その立場はまだ盤石ではない。立ち居振る舞いには細心の配慮が必要だった。

儂は池田殿の策についてしばらく考えてみた。

どう見ても奇襲としては下策だ。だが、小牧山城に籠ったまま亀のように手足を引っ込めて出てこない家康を城から引きずり出す策だと考えれば、そんなに悪くないようにも思える。

世間はこの戦、我が羽柴家が易々と勝利すると見ている。それなのになかなか決着がつかなければ、羽柴家も実は大したことはないのではと疑念を抱かれかねない。短期決戦を望む儂のそんな事情を知ってか、家康は不必要なまでに城の守りを固めて、明らかに長期戦に持ち込もうとしている。

儂は、腕を組んでじっくりと考え込んだ。こういう時、官兵衛が傍らにいないと実に不便でならない。

三河は遠く、しかも途中にはいくつか徳川方の城があって道をふさいでいる。少数の兵を送って奇襲を仕掛けたところで、どうせ途中で気づかれて追撃を受け、壊滅するのが関の山だろう。

だが、それならばいっそ奇襲にはせず、大軍で堂々と三河に攻め込んでみたらどうだろうか。

我が軍には家康の軍の三倍以上の兵力があるから、軍勢を二分割したところで、どちらにせよ数では勝っている。一方で、本国を失うわけにはいかない家康は、絶対に城を出て、三河に向かった別働隊を追撃せざるを得ない。そして家康を城から出してしまえば、あとはもう、数に物を言わせて押し潰してしまえばいいだけのことだ。

これは、池田殿の狙いとは少々違うが、案外いい策かもしれぬ——

そう結論づけた儂は、感じのいい笑顔を作りながら、いたわるような声で池田殿に命じた。

「承知いたしました。それでは、秀次を総大将として九千の兵を与えるゆえ、池田殿はその下について、森長可殿と堀秀政《ほりひでまさ》殿と共に三河を攻めてくだされ」

　名誉挽回の機会を与えられたことに池田殿は喜びながらも、少しだけ困惑した様子を見せた。

「あ……あの、秀吉様」

「なんじゃ」

「えー、秀次様を総大将にして頂くのは大変誇らしく、ありがたいことにはございますが……私と森殿の二人だけで兵は八千ありますゆえ、それだけいれば三河を荒らすには十分にございます。さらに秀次様と堀殿まで加わっては総勢二万を超えます。これではあまりに目立ちすぎてしまうのでは」

　池田殿はあくまで奇襲という形を取りたいらしい。

　奇襲のほうが見た目は華々しいので、いかにも立派そうに見える成果だけを求めたがる池田殿らしい考え方だ。儂の甥の秀次が総大将では、せっかく自分が策を立てたのに手柄を全部秀次に持っていかれてしまうという打算も当然あるだろう。儂は内心苦々しく思いながら答えた。

「いや、敵に気づかれたところで、儂がここで睨みを利かせている以上、家康が追撃のために出せる兵は一万五千が精一杯であろう。兵力は十分にあるゆえ、もし敵が追ってきたならば、そのまま返り討ちにされるがよろしかろう」

池田殿はまだ不服そうだったが、儂の態度を見てこれ以上粘っても心証を悪くするだけだと悟ったか、「承知した」と言って自陣に帰っていった。

二．徳川家康の独白

私は、羽柴秀吉という男の戦いぶりを思い返していた。

真っ先に頭に浮かぶのは、三木城の干殺しに鳥取城の渇え殺し、備中高松城の水攻めなどの攻城戦だ。とにかく力攻めを避け、あの手この手の仕掛けで血を流さずに敵の心を折る、城攻めの巧者であるという印象が強い。

野戦では、信長様の下で共に戦った金ヶ崎の退き口の他、明智光秀殿を倒した山崎の戦いや、柴田勝家殿を倒した賤ヶ岳の戦いなどが記憶に新しいが、どれも寡兵で大軍を破ったといった派手で華々しいものではない。

たしかに、戦いの流れを感じ取って、ここぞという時に的確に軍勢を投入する秀吉の采配はなかなか巧みなものだと私も思う。だがその巧さは、傍目にはわかりづらい玄人好みのもので、野戦で秀吉がその場限りの奇策に頼ることはほとんどない。城攻めの時の奇抜なやり方とは対照的に、その用兵は意外に堅実だ。

秀吉の野戦は、敵方の準備が整う前に襲いかかるとか、前もって敵将を調略して土壇場で裏切らせるとか、周到な事前準備が肝なのだ。それによって、己の兵が敵の兵よりも数が多いという状態をきちんと確保したうえで、確実に勝てる戦を仕掛けている。それこそが秀吉流の野戦の真骨頂であろう。

今回の戦も、信雄様と我が軍の三万に対して、秀吉の陣営は十万の兵を集めた。それだけ万全の準備を整えたからこそ、秀吉の奴は満を持して戦端を開いたのに違いない。だが、各地で反秀吉の狼煙が一斉に上がったことで、戦の行方は一気に混沌としてきた。

いつもの戦いとはどこか違う、なぜか思いどおりに進まない今回の戦いを前に、果たして秀吉はいまごろどんなことを考えているのだろうか。

ようやく総大将が着陣したというのに、秀吉は何ひとつ動こうとせず、楽田城の周りは不気味なほどに静まり返っていた。

合戦においては、相手が何を狙っているのか読めないのが一番恐ろしい。私は焦燥感にじりじりと追い詰められていたが、それから十日ほど経った四月七日の夜、その静寂はいきなり破られた。

「羽柴軍の一部が知らぬ間に南下して、篠木のあたりに宿営しているようです！」

秀吉の動向を探っていた服部半蔵からの急報に、私は困惑した。

「篠木じゃと？　この小牧山を素通りして、そんな見当違いの方向に進んでどうするつもりじゃ」

酒井忠次が不思議そうな表情で言った。

「尾張の要である清洲城を衝こうというのでしょうか？」

だが、半蔵は静かにかぶりを振った。

「いいえ。清洲に向かうにはえらく遠回りです。おそらく、我が本国を――」

「三河を、奇襲しようとしている？」

その場に居合わせた者たちが、思わずそろって息を飲んだ。空き家に近い今の三河を衝かれたら我々の家族が危ない。

だが、私はどうにも不可解だった。こんなにも早く発見されるなんて、奇襲にしてはあまりに杜撰すぎる。

「ちょっと待て。篠木にいる羽柴軍の数はどれくらいだ」

「総勢二万ほどかと思われます。秀吉殿の甥の秀次殿を大将に、池田恒興殿が先陣を務め、森長可殿、堀秀政殿が付き従っている模様」

「二万だと⁉」

家臣たちの間から今度はどよめきが起こった。現在、この小牧山城にいる我が軍は二万五千だ。

「別働隊のくせに、我々と大して数が変わらぬではないか……」

改めて、とんでもない相手と戦っているのだということを思い知らされる。しかも総大将に付き従う将は、手練れの池田恒興殿に「鬼武蔵」こと森長可殿、そして「名人久太郎」の異名を取る戦上手の堀秀政殿という、錚々たる顔ぶれである。

「それはもはや、奇襲ではないな。最初から我々に見つかる気でやっておる。おそらく、城に籠ったまま一向に出てこない私を、強引に城から引きずり出して叩こうという策であろう」

「……」

誰もがその作戦の恐ろしさを悟り、むっつりと黙りこくってしまった。雰囲気がとてつもなく重い。

「我らの本国を狙っている以上、この別働隊を絶対に捨て置くわけにはいかぬ。かといって、この城に詰めている我が軍は二万五千しかおらぬ。目の前の楽田城に秀吉がいる以上、小牧山城を空にするわけにもいかぬから、追撃に出せる兵は一万六千が精一杯だろうな」

二万対一万六千。兵数だけ見れば不利だと言わざるを得ない。

「しかも、我々が別働隊に襲いかかったと知ったら、間違いなく直ちに秀吉は動く。

さっさと別働隊を片付けて小牧山城に戻らねば、前は秀次の別働隊、後ろは秀吉の本隊。前後の敵に挟まれて、逃げ場もなく間違いなく全滅じゃな」

石川数正が、呻くようにつぶやいた。

「自分たちよりも数の多い別働隊を手早く壊滅させて、秀吉本隊が到着する前に城に戻る……そんな離れ業、できるのでしょうか？」


しばらく、一人として声を発することができなかった。

何か言わねばと儂も思ったが、何を言っても家臣たちを萎縮させてしまいそうで、この場にふさわしい言葉が見つからない。

とにかく黙っているのはまずい、当主として何か皆を奮い立たせることを言わねば、と私が焦って口を開こうと思ったその時、あっけらかんとした口調で誰かが声を発した。

「こりゃぁ……うん。死にましたな」

なんてことを言う馬鹿がいるのか、と私が真っ青になって頭を上げると、声の主は酒井忠次だった。

「うん。勝ち目はどう見てもありませぬ。秀次殿の軍と秀吉殿の軍に挟まれて、全員死にます」

「忠次！　不吉なことを申すでない！　口を慎め！」

だが、私に激しく叱責されても忠次は平然としている。目を半眼にして、どこか悟りきったような落ち着いた声で、私に反論してきた。

「いや、不吉も何も。では、殿には何か、死なずに済む策はおありですか？」

「う……」

あるには、ある。だがそれは、こんな状況では誰もが当然考えることであって、策というにはあまりに漠然としすぎている。

「奇襲……じゃ」

「ええ。これだけ兵に差があるのに、真正面から当たるのは馬鹿のすること」

だがそれは、敵方だって当然警戒していることだ。

奇襲に対して敵が万全の備えをしていて、慌てずに対処してきたらどうする。こちらの狙いが敵方に漏れて、逆にその裏をかかれてしまったらどうする。

ただでさえ勝ち目の薄い戦いなだけに、そんなことを考え始めたらきりがない。それで私は頭の中で同じところを何遍も堂々巡りしていたわけだが、忠次は一番根元の覚悟の部分で、私よりもずっと肚が据わっていた。

「とはいえ奇襲をしたところで、果たして生き残れるかどうか。ですが奇襲をしなければ、どちらにせよ三河が攻められて我々は死ぬのです。奇襲をしても死ぬ。黙って座っていても死ぬ。それならばもう、どうせ死ぬと最初から肚をくくって、奇襲を仕掛けて敵にひと泡吹かせてやるほうが、ずっと愉快ではありませぬか」

その驚くほど単純明快な理屈は、あれこれ考えるのを良しとしない三河武士たちの心に確実に突き刺さった。その場に居合わせた者たちの目の色がさっと変わり、力がみなぎってくるのがわかる。

さすがは忠次だ。三河の猪武者どもの心に火を点けるには、どういう物の言い方をすればよいのかをよくわかっている。

「どうせ死ぬと……肚をくくる……」

「ええ。死ぬのですよ我々は。最初からそう思っておいたほうが、気が楽でしょう」

そう言うと、驚くほど澄みきった表情で忠次はニッカリと笑った。

四月八日の日没後、我が軍は行動を開始した。

先鋒を務める榊原康政らが、四千五百の兵を率いて最初に小牧山城を出発する。彼らは小牧山城の南側にある小幡城に入り、物見を放って秀次軍の動向を探った。

私は続いて出発し、深夜になって小幡城に入った。我々が城を出たことを、絶対に秀吉の軍に気づかれてはならない。獣を追って夜の山に出入りすることも多い猟師たちを道案内に雇い、松明は一切使わず、音を立てぬよう馬には枚《ばい》(注4)をふくませ、旗指物のたぐいも下ろして我々は隠密裏に移動した。

小牧山城には留守居役として本多忠勝を残した。忠勝の奴は、軍の最後方に位置して、後ろから追ってくる敵を撃退する殿戦《しんがりせん》にめっぽう強い。楽田城の秀吉が私を追ってきたら、きっと体を張ってその進撃を食い止めてくれるはずだ。

ただ、小牧山城に残す留守居の兵は九千もいない。

三万をゆうに超える秀吉の本隊が迫ってきたら、忠勝は私が率いる本隊以上に絶望的な戦いを強いられるだろう。おそらくそう長くは持たない。この戦いでもっとも命懸けの危険な任務だと言えたが、忠勝は、

「もし殿がこの役目を他の者に命じていたら、儂は殿に殴りかかっておったわ」

と言って豪快に笑った。


小幡城を出て、暗闇の中を静かに進む。伝令が周囲の状況を報告してきた。

「敵の先手は第一隊の池田軍と第二隊の森軍で、三河への街道沿いにある岩崎城を落とすべく、攻撃を仕掛けています」

「岩崎城は小城じゃ。朝までも持ちこたえられまい」

「ええ、落城は免れないかと。しかしそのおかげで、敵の進軍が止まりました。第三隊の堀軍と第四隊の秀次軍は、城の周囲が狭すぎて城攻めには参加できないため、長

久手のあたりに散開して夜営しておる模様」

「……好機じゃな」

我が軍はわずかな月明かりを頼りに、敵軍を探しながら慎重に前進した。しばらくすると先頭を行く榊原康政隊から、白山林《はくさんばやし》のあたりで敵軍を見つけたとの報せが入る。旗印は、別働隊の大将である秀次のものだとわかった。

「おお。それは僥倖。岩崎城を攻めている先手の軍とはずいぶん離れたところに夜営しておるわ。なんとも迂闊なことよ」

私は榊原康政に伝令を送って秀次軍に攻めかかるよう命じ、自らも急いで前進した。ほどなくして前方の暗闇から鬨の声が上がった。戦いがはじまったらしい。

前進している最中にも、榊原隊から次々と早馬で伝令が飛び込んでくる。明け方の不意を衝かれた秀次軍は、兵数は多いものの思いのほか脆く、早々に壊滅したこと。この勢いを駆って、康政はこのまま第三隊の堀秀政殿の軍を蹴散らしに行くつもりとのこと。戦況は徳川方が明らかに優勢だ。

これは、いけるかもしれぬ――

確実に死ぬと肚をくくって出撃したところに、死なずに済むかもしれないという一筋の希望の光が差し込む。思わず緩みそうになる心を必死に引き締め直す。

まだだ！　まだ半分も倒せておらぬ！

最後尾に孤立した状態で夜営していた、総大将の秀次の軍は運よく撃破できた。だが、前方にいる池田、森、堀の三隊はまだ健在だ。少なくとも昼前には彼らを蹴散らして城に戻らねば、秀次を救うためにやってくるであろう秀吉の本隊と鉢合わせしてしまう。時間との勝負だ。

「急げ！　康政が秀次の軍を破り、堀秀政の軍を倒しに行ったぞ！　我々は岩崎城に攻めかかっている池田恒興を討つ！　手早く撃破して、すぐに小幡城に戻るのじゃ！」

わずかに見えた希望にしがみつくように、勇躍して岩崎城に向かう。だが、しばらくすると今度は、その出鼻を挫くような報せが飛び込んできた。

「榊原康政殿、堀秀政殿の軍に攻めかかるも、思いのほか頑強な抵抗に遭い、被害甚大とのこと！」

摑みかけた希望が、するりと手元から逃げていく。

最初からわかってはいたことだが、やはりそうそう簡単には勝たせてくれない。落胆しかけた心を「どうせ最初から死ぬ気だったではないか、ふりだしに戻っただけのこと」ともう一度立て直す。相手はあの秀吉だ。麾下《きか》に居並ぶ将も、層がとんでもなく分厚い。

「ぬう……さすがは名人久太郎。かような状況でも大崩れせぬか。これでもし、先頭にいる池田・森の両軍と堀軍が合流してしまっては厄介じゃな。奴らが息を吹き返さぬよう、我々は池田・森軍と堀軍の間に割って入って奴らを分断する」

私は長久手に移動し、変事を知って岩崎城から引き返してくる池田恒興殿と森長可殿の軍を待ち構えることにした。

我が軍は九千三百、物見の報告を総合すると、敵の数もほぼ互角。

だが、敵は大将の壊滅を知って慌てて引き返してくる敗軍。そしてこちらは、出撃する前から死ぬ気でいる、とうに肚を決めた命知らずの荒武者どもだ。

「我ら徳川家が栄えるか滅びるかは、この一戦にかかっておる。名を惜しめ。生きようと思うな。厭離穢土、欣求浄土……厭離穢土、欣求浄土じゃぁ！」

私はそう叫び、敵軍に向かって采配を振りかざした。

そしてそれを合図に我が軍は一丸となって、巨大な火の玉が坂道を転がっていくかのように、池田軍と森軍に突っ込んでいった。

三．羽柴秀吉の独白

家康の奴がいつ小牧山城を出るか、儂はその日をじりじりと待ち続けた。

三河を衝くために、秀次の別働隊が楽田城を出発したのが四月六日のこと。しかし家康はその日もその翌日も、まったく動く気配を見せない。

「おかしい。そろそろ我々の動きに気づいてもよい頃なのに、あの狸、なぜ動かぬ」

家康の意図が読めず焦った儂は九日の朝、家康の出方を伺うため、三万の軍を率いて小牧山城に向かった。本気で攻めかかるつもりはない。ずっと沈黙を保っていた我が軍が動けば、家康側からも何かしら反応が返ってくるはずで、そこから敵の真意を探ろうとするものだ。

小牧山城の前に陣取り、何発か鉄砲を撃ちかけたあとに一斉に鬨の声を上げさせたが、城はしんと静まり返ってなんの反応もない。これはどういう意図なのか。

そこで儂は、もう一度鉄砲を斉射させよと鉄砲隊に命じようとした。しかしそれは、慌ただしい馬蹄の音と大きな叫び声で遮られた。

「注進！　注進！」

伝令役の印である赤い母衣《ほろ》(注5)を背負った騎馬武者が、儂のいる幔幕の中に駆け込んできた。騎馬武者の母衣や袖には何本も矢が刺さっており、その鎧は血と泥でべっとりと汚れている。

「何事じゃ！」

「秀次様が率いる別働隊の本隊、徳川方の奇襲を受け、総崩れにござります！」

「なぬ⁉」

予想もしていなかった突然の敗報に、周囲に控えていた家臣たちにも動揺が走る。

総大将が恐怖の色を見せては全軍の士気が崩れると思った儂は、とっさに感情を呑み込んで強引に無表情を作った。

なんだそれは。家康は小牧山城にいたのではないのか。

その早馬を皮切りに、次々と慌ただしく伝令が陣中に駆け込んでくる。もたらされた報告は、秀次が討たれたというものもあれば、落馬しただけでまだ生きているというものもあって状況ははっきりしない。内容を総合すると、最後尾を行く秀次の第四隊が壊滅したのはおそらく間違いないが、その前にいる池田、森、堀の第一から第三隊の状況は依然としてよくわからない。

「池田恒興殿率いる第一隊、徳川家康殿に敗れ壊滅！」

「池田恒興殿、難なく岩崎城を落とし、占拠いたしました！」

「勝ったのか、負けたのか、どっちじゃ！」

やってくる早馬の報告は、どれも断片的でしばしば矛盾している。

「堀秀政殿、ご謀反にござります！　前線に取り残された池田殿と森殿を見捨てて、戦わずに逃走した模様！」

「堀秀政殿、秀次様を破った勢いで襲いかかってきた榊原康政の軍を、見事に撃退なされました！　榊原軍は痛手を負ってたまらず後退したとのこと！」

「だから、勝ったのか、負けたのか、どっちなのじゃ！」


　情報が錯綜し、本陣は大混乱に陥っている。儂もこれまで数多の戦に出て様々な修羅場を見てきたものだが、ここまでわけがわからない状況は初めてだ。

　細かいことは一切わからない。ただ一つわかっているのは、家康の奴が秀次に奇襲を仕掛け、それが成功したということだ。

「とにかく、秀次の救援に行かねばならぬ。出陣じゃ！　支度をせぇ！」


　いったい、どうしてこうなった。

　家康と信雄様の軍はせいぜい三万。それに対して我が方は十万。絶対に負けることのない戦いだったはずだ。それなのに今回の戦は、大坂を出る時点からなぜか色々とケチがつき、緒戦では池田殿と森殿が無様な敗北を喫し、そしていま再び敗報が次々と飛び込んできている。

　ちょっと待て。このまま家康の奴が勝って、儂が天下人の座から滑り落ちるなんてこと、まさか、あるわけないよな――

　嫌な予感が頭をよぎるのを、儂は必死で打ち消した。

桶狭間、姉川、長篠――。たった一度の戦いの勝敗がそれまでの力関係を一発で吹き飛ばし、均衡が崩壊して土砂崩れのように形勢が一変することを、儂は信長様の傍らで何度も見てきた。儂自身、信長様の死という絶体絶命の危機を、山崎の戦いで明智光秀殿を討ったことでひっくり返しているから、その恐ろしさは身に沁みてわかっている。

まずい。負けは許されぬ。負ければ風向きが変わってしまう――

心の奥底ではそんなふうに怯えていたが、それを顔に出したら状況はますます悪化する。儂は丹田に力を込め、精一杯の作り笑顔を浮かべた。唇が震えていないか細心の注意を払いながら、さも余裕綽々といった態度で鷹揚に命じる。

「ちょうどよい、家康めは城から出ておるようじゃな。これぞ儂の狙いどおりよ。このまま全軍で南下し、家康をひと息に押し潰してしまえ」

信長様はどんな命の危機に瀕しても、いつも泰然と振る舞っていた。きっと燃え盛る本能寺の中でも、最後までそんな態度を貫かれていたはずだ。

儂もいま、信長様と同じように堂々と振る舞えているのだろうか。

一瞬だけそんな問いが頭をよぎったが、すぐに打ち消した。

違う。「信長様と同じように振る舞えているのだろうか?」ではない。「信長様と同じように振る舞う」のだ。その程度のことを呼吸のように軽々とこなせずして、織田家を踏み台にして己が天下を取るなどという夢物語を、どうして実現できようか。

ここで問われているのは、儂の器。

自分が、信長様の跡を継ぐにふさわしいだけの器を備えた男か否か。

儂の器が家康の器を凌駕し、天下人にふさわしいと天が認めるのであれば、儂は勝つ。天に認められなければ、その先に儂を待つのはただひとつ。死だ。

負けてたまるかい。儂は勝つんじゃ。儂はできる。儂は信長様の跡を継ぐ——

「いざ進め！　秀次の軍と合流し、必ずやここで家康めを討ち取るッ！」


儂は三万の兵と共に、楽田城を出て南に向かった。秀次の軍はここから二刻（四時間）ほど進んだ白山林のあたりで敵襲に遭ったらしい。第一隊の池田恒興殿と第二隊の森長可殿は、白山林からさらに半刻ばかり南に進んだところにある岩崎城を落城させているので、おそらくその辺りにいるのだろう。

では、家康の軍はいまどこにいるのか。

秀次は夜営して朝食を取っているところを背後から襲われたという。数に劣る家康は当然ながら、儂に対しても奇襲を狙ってくるに違いない。あの戦巧者の家康のことだから、どんな手を打ってきてもおかしくはない。

そうやって疑心暗鬼に駆られはじめると、途端に周囲の丘や森のすべてに、徳川勢が潜んでいるのではないかと思えてきた。

三万もの兵が儂の周りを固めてはいるが、桶狭間の戦いでは三万の兵を率いる今川義元が、信長様に不意を衝かれて首を取られたという例もある。一切の油断はならない。

儂はキョロキョロと落ち着きなく周囲を見回しながら慎重に軍を進めていたが、そこに軍の先頭から、困惑した顔の伝令がやってきた。

「注進！　この先の庄内川のほとりに、徳川方の軍が現れました！」

敵が姿を現すなら絶対に奇襲だろうと身構えていた儂は、堂々と真正面から現れた徳川軍に意表を突かれた。

「何⁉　その数、いかほどじゃ」

「そ……それが、たった五百ほどではないかと……」

「ご、五百ぅ⁉」

三万の我が軍に対して、たった五百で立ち向かうなど正気の沙汰ではない。いったいどこの馬鹿大将かと思い、旗印が何であったかと尋ねると、伝令はぶるぶると震えながら答えた。

「……丸に、立ち葵の紋にございますッ」

「⁉」

その紋は、戦場でもっとも出会いたくない男のものだ。

「たった一騎でその先頭に立つは、黒一色の当世具足に鹿角の脇立。（注6）肩には金箔押の大数珠をかけ、ひときわ長い笹穂の槍……その姿、間違いありませぬ。本多忠勝殿にございります！」

「本多……忠勝ッ！」

徳川家いちの狂犬。家康に過ぎたるもの。かつて一言坂の負け戦において、少数の兵で武田の騎馬隊の猛攻を食い止め、命をかけて家康を救った忠義の男。

「はい。庄内川のほとりに軍をならべ、我が軍がすぐ近くに寄せているというのに、悠々と馬に水を飲ませ、挑発するかのごとき不敵なる態度をとっております！」

「ぐ……！」

「敵は小勢なれば、すぐにでも攻めかかりたいと先手は申してきております。かくのごとき舐めた真似を放っておいては全軍の士気に関わりますゆえ、ただちに攻撃のご命令を！」

「ちょ……」

歯を食いしばって逡巡する儂を見て、伝令が「秀吉様？」と問いかけてくる。儂は呻くように声を絞り出した。

「ちょぉ待て……」

「は？」

「ちょぉ、待てと言うとる。迂闊に攻めかかるな」

「え!? し、しかし敵は吹けば飛ぶような小勢……」

「たわけ！　これは家康の罠に違いない。たった五百の兵で、のこのこと三万の敵の真正面に出てくる阿呆がどこにいる。罠じゃ。どこかに伏兵がいて、我らが襲いかかろうとしたところを衝こうとしておるのじゃ」

「ですが、秀吉様……」

「くどい！　一切の手出しはまかりならぬ！　全軍にそう伝えよ！」

儂はその場で全軍に停止を命じ、本多忠勝はその後も長いこと河原でのんびりと馬に水を飲ませ続けた。その間、忠勝はずっと馬上で槍を立てたまま、微動だにせず我が軍のほうをじっと睨みつけていたという。

その姿はまるで不動明王のようで、遠く離れていても、なぜかすぐ隣に立っているかのように巨大に見えたと、我が軍の者たちは後々まで恐怖とともに語り合った。

本多忠勝ひとりに前進を阻まれ、我が軍はすることがない。手持ち無沙汰でただぼんやりと時が過ぎるのを待っていたら、池田家の旗印を掲げた早馬がやってきた。

どうした、今度は。

もうこれ以上、悪い知らせはたくさんじゃ。何が起こった。

「第一隊の池田恒興様、徳川勢に敗れ、永井直勝《ながいなおかつ》に首を取られ死亡！　さらに第二隊の森長可様は鉄砲で狙い撃ちされ、眉間を撃ち抜かれて討ち死にされました！」

な……なんだと……

兵力、装備。すべてにおいて我が軍のほうが圧倒的に勝っていたはず。儂はどこでやり方を誤ったのだ。

家康……家康ぅウウウッ！

儂は、あの食えない狸親父の鈍重な顔を思い浮かべ、呪いの言葉を吐いた。

四．徳川家康の独白

池田恒興殿と森長可殿との戦いは、昼前には決着がついた。

血まみれになって戦場に倒れている屍がつけている旗印の多くは、池田軍と森軍のものだ。ほぼ同数の兵がぶつかったこの戦いで勝敗を分けたのは、ひとえに勢いの差だろう。先に秀次軍を撃破して意気揚々と戦場に立った我々と、主力軍が壊滅し退路を断たれた敵軍は、明らかに動きが違っていた。

その勢いの差が、幸運な弾を呼び寄せた。勇猛さで名を馳せた森長可殿は、いつものように軍の先頭に立って突っ込んできたが、茂みに隠れていた我が軍の鉄砲隊に気づかず、至近距離から鉄砲の一斉射を浴びたのだった。馬から落ちた時にはもう絶命していたという。「鬼武蔵」の名にふさわしい、敵のほうを向いたまま命を落とした壮絶な最期だった。


これで、三河本国を衝こうとした別動隊との戦いは完全に決着がついた。

私はひとまずほっと胸をなで下ろしたが、まだまったく気を抜くことはできない。そうこうしている間にも、秀吉率いる本隊がすぐ背後に迫っているかもしれないのだ。

「ありったけの物見を放ち、秀吉の手勢がどこにいるかを探らせよ。そして急いで城に戻るぞ。こんなところで秀吉の大軍に遭ったら、間違いなく全滅じゃ」

私は行きの時よりもびくびくしながら、おっかなびっくりで小牧山城まで戻った。だが結局、恐れていた秀吉の本隊と遭遇することはなかった。

小牧山城に入ると、留守を守っていた兵達が一斉に勇壮な鬨の声を上げて出迎えてくれた。昨晩からの戦いで血まみれ、泥まみれになった甲冑姿のまま互いに抱き合い、秀吉の大軍相手に奇跡的な勝利を収めたことを喜び合った。

私が馬を進める先に、黒一色の当世具足に金の大数珠を肩にかけた本多忠勝が待っていた。

「おう忠勝。九死に一生を拾ったわ。徳川は、まだまだ秀吉の奴には負けぬ」

「お味方の大勝利、まずはお慶び申し上げます」

「そちらはどうじゃった。秀吉の奴め、どういうつもりか、こちらにはちっとも攻め寄せてこなかった。もし奴が攻めてきていたら、私はいまごろ間違いなく首になっていたと思うが、その分、そちらの守りは大変だったのではないか」

私がそう尋ねると、忠勝はガハハと胸を張って呵々大笑した。

「いやいや。なんの大変なことがござりましょうぞ。儂がひと睨みしたら、羽柴の奴らは怖気づいて尻尾を巻いて逃げ出しましたわい」

その威勢のいい大言壮語は聞き流し、まずは忠勝が生きていたことにほっと胸をなで下ろす。

忠勝は私に戦果を報告する時、いつも「自分がひと睨みしたら敵は勝手に逃げていった」などと話を大いに盛る癖がある。毎度毎度のことなので、私もいちいち真に受けることはない。この豪快すぎる男の報告は大雑把すぎてまったくあてにならないので、私はあとで周囲の者に細かい話を聞いて、実際のところはどうだったのか裏を取るのが常だ。

「おお、ということは秀吉は小牧山城に攻めてきたのだな。よくぞ守り切った」

「いえ、違います。秀吉殿の本隊が、殿を追って白山林に向かったというので、儂はそれを食い止めるべく、城を出て庄内川で待ち受けたのです」

「なんじゃと⁉　そんなもの、自ら殺されに行くようなものじゃ。いったいお主、何人ほどを率いて出ていって、何人討たれたのか。怒らぬから正直に申してみよ」

するど忠勝は、事もなげにさらりと答える。

「五百人で行って、一人も討たれませんでした」

「……はあ？」

以前からどこか頭の沸いた男だとは思っていたが、忠勝が何を言っているのかさっぱり意味がわからず、思わず間の抜けた声が出てしまった。忠勝はごく当然のように言う。

「本当なら城兵を根こそぎ引っこ抜いて、一戦して秀吉めの首を獲ってやろうと思っていたのですがな。信雄様がどうしても出撃をお許し下さらないもので」

「だから、たった五百の兵で出撃したというのか」

「ええ。ここで秀吉めを黙って通してしまっては、殿の命はないとわかりきっておりましたゆえ。殿が討死されたあとで悔やんで追い腹を切るくらいなら、いま秀吉を食い止めて死ぬほうがよほどましではないかと考えまして、我が腹心の五百だけを引き連れて勝手に城を出て、秀吉の首を獲りに行ったのでござる」

「な……なんたる無謀」

「ですが、どういうわけか秀吉の奴、我が手勢の姿を見ても一向に襲いかかってこなかったのでござる。戦いを挑んできたらば、いまごろ返り討ちにして秀吉の首を獲っていたものを、奴も慎重だったおかげで命拾いしましたな」

そう言って得意げに胸を張る忠勝に、私は呆れて物も言えなくなった。ようやく口を開いて、

「たわけ！　お主があまりにも考えなしに敵前に現れたので、秀吉は伏兵を恐れて攻撃を控えたのじゃ。命を粗末にしおって、この馬鹿者が！」

と叱りつけたが、忠勝はまったく聞き入れる様子もない。ちっとも悪びれずに、

「いやいや、今日のこの戦いで、我が軍で命を粗末にしなかった者が一人たりともおりましょうか。だからこそ、こうして秀吉に敗れ去ることもなく、皆がこの場に戻ってこれたのですぞ殿」

と言ってワハハと大笑いした。

六．伊勢攻防戦　——羽柴秀吉と徳川家康の独白

一．羽柴秀吉の独白

その日の夕刻から翌朝にかけて、敗れた池田殿と森殿の兵たちが、散り散りになりながらぽつぽつと楽田城に戻ってきていた。

血だらけになった兵たちは城内のあちこちに横たわり、さらしで傷口を巻いて苦しそうな呻き声を上げている。総大将の秀次も、かつて儂が与えた立派な名馬ではなく、家臣の誰かが戦場で譲ったと思われる貧相な馬に乗ってしょんぼり帰ってきた。かろうじて軍勢としての態を保ったまま戻ってきたのは、第三隊の堀秀政殿の軍だけだった。

堀殿はあの混乱した戦況の中で、逃げ散った秀次の兵を集め、かさにかかって押し寄せてきた榊原康政の猛攻を跳ね返した。その後、勢いに乗った家康の本隊がやって

くると、さすがにこれには敵わないと冷静に判断し、無理はせず早々にその場を去って楽田城に戻ってきた。

結果的に、池田と森の第一隊と第二隊は戦場に取り残される形となり、両軍の兵たちは堀秀政の奴に見捨てられたと怨みの声を上げたが、あの場に留まっていたら堀殿の軍もどうなっていたかはわからない。勢いに乗る敵に冷や水を浴びせ、これ以上傷を広げないうちに引き揚げるという堀殿の冷静な判断は的確であり、儂はそれを咎めることはしなかった。


完敗だった、と言っていいだろう。

池田殿と森殿の討ち死にの報が届くや否や、儂の頭はすぐさま激しく回転した。

この負け戦、どうやってごまかそうか。

朝廷に対して、そして世間に対して、どんなに姑息な手を使ってでも今回の負けをごまかしきる必要がある。だが、下手に隠したりすると今度は、秀吉は負けを揉み消すのに必死だという風評が立ち、それほどまでに手痛い損害を食らったのかと逆にあらぬ邪推をされかねない。

加えて、目の前にいる家康との戦いをどうするかも頭の痛い問題だ。

池田殿と森殿を失ったが、それでもなお兵数だけを見れば我が軍のほうが圧倒的である。とはいえ、次に負けたら間違いなく儂は終わりだ。

もし次も続けて負けるようなことがあれば、今回の戦の結果がまぐれではないことが立証され、この国でもっとも強い大名は徳川家康であるという評価はゆるぎないものになる。これまで儂に付き従っていた者たちは、本当に羽柴家についていって大丈夫だろうか、いますぐ徳川家に鞍替えすべきではないかと動揺しはじめるだろう。

かといって、どうすれば家康に勝てるというのか。

その後、戦の状況が明らかになるに従って衝撃の事実が明らかになった。あの日庄内川で馬に水を飲ませていた本多忠勝の周囲には、伏兵など一人もいなかったというのだ。あの男はなんの策もなく、ただ戦って死ぬためだけにあの場にいたのである。まったくもって正気の沙汰ではない。

「これだから三河者は嫌いなんじゃ……考えなしのあの気狂いどもが……」

まともではない猪武者の群れである三河武士を相手にしていると、こういうわけのわからない事態が往々にして起こるのである。

これまで儂と官兵衛は、天下取りに向けた手立てを石垣のようにひとつひとつ丹念に積み上げてきた。それが、こんな気狂いどもに敗れたことであっさり崩れることなど、絶対にあってはならない。このような馬鹿げた敗戦はもう二度とはないだろうとは思うものの、今回のような「まさか」の事態が再び起こったらと思うと、どうしても戦いを挑む勇気が湧いてこない。

「どうすりゃええんじゃ、官兵衛……」

困りきった儂の頭に、真っ先に浮かんできたのは官兵衛の顔だった。恐ろしくもあり腹立たしくもあるが、こういう時にはこの上なく頼りになる、あの冷たい顔。我が家臣には最近、若き石田三成のごとき智恵者も数多く集まりつつあるが、戦のことを考えさせるなら、やはり官兵衛に勝る者はいない。

儂は急ぎ官兵衛に文を送ろうと考えて祐筆を呼んだが、それと入れ違いに小姓が入ってきた。

「黒田官兵衛様より、書状が届きました」

「おお！　さすがは官兵衛！　儂のことをよくわかっておる！」

儂は狂喜し、ひったくるように小姓から文箱を取り上げると中の書状を開いた。書状には、前置きを省いていきなりこう書いてあった。

ひとまず家康殿との対決は避け、ひたすら信雄様の所領を切り取りなされ――

その一文を読んだだけで、儂は官兵衛の言わんとすることを即座に理解し、その卓見に唸った。目から鱗が落ちるとは、まさにこのことだ。

そうか！　と儂は膝を打ち、官兵衛の書状を最後まで丹念に読むと、次の指示を与えるので重臣たちを集めよと力強く小姓に命じた。

さらに少し遅れて今度は、伊勢方面の攻略を命じていた弟の秀長から早馬が届いた。それは、信雄様の本領である伊勢国の要地、松坂の松ヶ島城を落としたという朗報だった。

「でかしたぞ秀長！　やはりあいつは頼りになる弟じゃ！」

長久手で惨敗し、もう駄目かと最初は思ったが、まだ勝負は決してはいない。全体で見れば、儂はまだ優勢を保っている。

ひとつの勝負で勝てなければ、その勝負は諦めて別の勝負で取り返せばいい。思えば昔から、儂はそうして生きてきたではないか。家柄も金もない。恵まれた体躯も優れた武芸の心得もない。ないない尽くしの貧弱なこの身を抱え、まっとうな武士の世界では誰にも勝てないから、儂はただひたすらに、知恵と愛嬌、人付き合いのよさという己の得意とする世界だけで勝負をしてきた。

そうだ。家康に勝てないのであれば、家康と勝負をしなければよいのだ。

四月九日の長久手の戦いのあと、ほぼひと月にわたって我が軍と家康の軍は楽田城と小牧山城に籠って睨み合いを続けた。お互いにまったく手出しはしない。

その間やることがない兵たちは、敵が寄りつかないよう、城の壕をますます深く掘り下げて土塁を盛り上げ、鉄砲を浴びせるための櫓を何か所も設けていた。この名もなき二つの小城はいまや、いくつかの馬出(注7)まで備えた難攻不落の名城に成長しつつある。

だが、静かに見えるその睨み合いの裏側では、儂と家康の熾烈な鍔迫り合いが続いていた。

家康は長久手の戦勝を大いに誇張して喧伝し「今こそ我が方にお力添えを」と諸国の大名に呼び掛けている。さらに、讃岐国を攻め落として四国の大部分を押さえた長宗我部家に働きかけ、海を渡って摂津と播磨（兵庫県）まで攻め込ませようとしている。黒田官兵衛が播磨に目を光らせているので変なことにはならないと思うが、まったく油断はできない。

家康はそれだけでなく、一向一揆の大元締め、本願寺《ほんがんじ》顕如《けんにょ》に加賀（石川県）一国を与えることを条件に、自らの仲間に引き込もうとしているらしい。あんな面倒な奴らに貸しを作ってしまったら、あとで厄介なことになるのは目に見えている。それでも本願寺と手を組もうとすることに、何がなんでも勝つんだという家康の本気を見た。

「ほうか……あの狸親父、もうあとのことは考えずに、儂を倒せるんならなんでもやったるってことじゃな。ええ度胸じゃぁ、家康ぅゥ……」

家康は、小牧と長久手で敗れたという儂の弱みを徹底的に突いてくる。戦なのだからそれは当然である。ならば儂も、家康の弱みを徹底的に突くまでのことだ。

家康の弱点とはつまり、信雄様だ。

秀長が松ヶ島城を落としてくれたことで、そちらの方面に割いていた兵を儂のところに回すことができるようになった。そこで儂は楽田城を秀長に任せていったん後方に下がり、岐阜城に控えさせていた養子の秀勝に加賀野井城を攻めさせることにした。

加賀野井城は信雄様の配下が守る城で、尾張の西側の守りの要である。これまでは尾張の北にある犬山城を拠点に北側から攻め込むという方針だったが、それを阻止されたので、今度は西側から切り崩していこうという策だ。

秀勝は儂が養子にもらい受けた信長様の四男なのだが、さすがは信長様の血を引くだけのことはある。まだ十八の若さながらも儂の期待に見事に応え、加賀野井城を三日で落としてくれた。長久手の戦いで無様な姿を晒した甥の秀次より、よほど頼りになる。

これは長久手で我々が大敗を喫したあとに行われた初めての戦いであり、ここで確実に勝ち切ったことは非常に大きな意味があった。羽柴と徳川の勝負はまだわからないということを、これで内外に示すことができた。

秀勝はすぐさま、その隣にある竹ヶ鼻城に攻めかかった。こちらは城主が頑強に抵抗したため、そうそう簡単に落ちそうにはない。下手に力攻めして攻めあぐねて、やっぱり羽柴は弱いなどと言われるのも面倒なので、我が軍の物量を見せつけるという意味も兼ねて、すぐそばを流れる木曽川の水を引き込んで派手な水攻めを行うことにした。

水攻めの準備をしている最中に家康の援軍が来たら厄介だったが、秀長が盛んに楽田城から兵を出して小牧山城を牽制し、奴らが兵を出すに出せないような状況に追い込んでくれた。ようやく援軍がたどり着いた頃には、竹ヶ鼻城は二の丸まで水没し、船がなければたどり着けない、湖に浮かぶ孤島のようになっていた。

堤さえ作り終えてしまえば、あとはそれを崩されないように全員で守りを固めるだけでいい。もはや勝負は決したようなものだ。城兵が音を上げるまで、一か月も持てば大したものだろう。

こうして、尾張を西から攻めるという新たな戦略に目途がついたところで、儂は美濃の大垣城に津田宗及《つだそうぎゅう》や山上宗二《やまのうえそうじ》ら堺の豪商らを呼んで茶会を開いた。

徳川家との戦いの最中だというのに、羽柴家では古今の名物茶器を集めて豪華な茶会を開いている——羽柴家にはまだそんな余裕があるのかと、我らの底力を内外に知らしめるのがその目的だ。

計算高い堺の商人どもはいま、儂と家康を天秤にかけている。

利に敏い商人どもは、負けそうな側には一切力を貸さないし、勝ちそうな側には早めに恩を売っておこうと進んで便宜を図ってくる。だからこそ、勝敗がまだわからないいまのうちに、羽柴が勝ちそうだという印象をあいつらの頭に強く焼きつけておく必要があるのだ。戦いは最後は金である。戦で敗れること以上に、やっとのことで手に入れた堺の富が家康の側に流れていってしまうほうが、儂にとってはよっぽど致命的なのだった。

大垣城の一角に、急ごしらえながら風雅の限りを尽くした茶室が設けられ、そこに堺の商人たちがずらりと並んだ。湯が沸き立ち、儂が列席者にひと通り茶をふるまうと、待ちかねたように津田宗及が口を開いた。

「それで……調子はいかがですかな、権少将殿」

まったく、堺の豪商どもの地獄耳ぶりには本当に呆れるしかない。

儂が極秘裏に朝廷に手を回し、近いうちに左近衛権少将の職と従五位下の官位を授かる方向で話が進んでいることを、こいつらはすっかり嗅ぎつけている。そしてそれを匂わせることで、どんなに隠し事をしたところで堺の商人たちの目には全部お見通しですよ、という脅しをかけてきたのだ。

「調子とは、徳川との戦のことであるか？」

「ええ。それ以外に何がござりましょう。わざわざ聞き返すとは、権少将殿も実にお人が悪い」

人が悪いのはお主らのほうじゃ、と心の中で悪態をつきつつ、作り笑顔を顔に貼り付けながら言い返す。

「ははは。何を言うか宗及。ここで体の調子が良いだの悪いだのと儂が答えたら、ぁぁ秀吉は家康に大負けして、戦の話を必死で避けようとしているのだな、などと勝手に決めつけて言いふらすのであろうが。まったく油断のならぬ奴らめ」

「いえいえ。そんな、滅相もござりませぬ」

「よいか、たしかに儂は長久手では家康めに一本取られた。じゃが、この勝負は三本勝負じゃ。いま儂は、松ヶ島城と加賀野井城と竹ヶ鼻城を落とした。このまま西から攻め寄せて、信雄様の領国である伊賀・伊勢・尾張を我が手中に収めれば、二本目は儂が取ったことになろう。その日も近い」

「では、三本目は何をしたほうが？」

津田宗及がそう尋ねてきたので、儂は自信満々な己を演じつつ力強く答えた。

「三本目？　儂と家康、相手に頭を垂れさせたほうが勝ちに決まっておろう！」

茶会が終わったあと、儂は無人となった茶室の畳の上にゴロリと仰向けに寝転がった。そして大の字に手足を伸ばし、

「あああああー！」

と大声で叫んだ。脳味噌を使いすぎて、頭の芯がなんだか熱っぽい。

小姓たちも下がらせ、儂の隣には官兵衛だけが足首の固まった左脚を横に投げ出して座っている。官兵衛はこの茶会を提案し、そのために大坂から出張ってきていた。

「正直、もう疲れたわ官兵衛ェ……」

「大変ご立派にござりました」

「もう嫌やァ、あの堺の奴らァ……。ほんのちぃーっとでも儂が気ぃ抜くと、すぐ突っ込んでくる。おちおち顔色ひとつ変えられん」

「しかしその甲斐あって、堺の皆様に、我々の痛手が大したことではないと思って帰って頂けました。実にお見事な演技でした」

「そりゃあそうだが……なぁ、官兵衛」

するとと官兵衛は、私の言葉が終わるのを待たずに口を開いた。

「……勝てますよ。絶対に勝てます」

儂が聞きたいことを、先回りして答えられてしまった。

「羽柴家の力は、徳川家をはるかに上回っています。いまここで徳川殿を滅ぼしてし

まえば、天下はもう九割がた手に入ったようなもの」

それ以外の道は絶対にありえない、とでも言わんばかりに官兵衛はきっぱりと断言したのだが、儂は以前から官兵衛のその強硬すぎる態度に少しだけ辟易していた。

「なあ。本当に、滅ぼさんといかんのか官兵衛」

「はい。徳川殿には確実に、ここで死んで頂かねばなりませぬ」


正直、徳川とは和睦でいいだろうと儂は思っている。

まあ、滅ぼす以前に本当に勝てるのかという問題もあるのだが、仮に儂が家康に勝ち、奴が後ろ手に縛られて目の前に運ばれてきたとしても、儂は家康の首を刎ねることに躊躇してしまうような気がする。

もちろん、家康は忌々しい強敵ではあるのだが、この一年半、奴と丁々発止のやりとりを続けるうちに、なんだか家康を殺すことに一抹の寂しさを感じはじめている自分がいるのだ。明智光秀殿や柴田勝家殿と戦っていた時には、まったく浮かんでこなかった感情だ。

しかし、官兵衛に一切の迷いはなかった。どんな汚い手を使ってでも徳川は絶対に滅ぼすべきだ、という主張で官兵衛は首尾一貫している。

「以前から徳川殿の戦巧者ぶりには定評がありましたが、その配下には本多忠勝殿のような武勇の士だけでなく、石川数正殿のごとき知略を有する者もいるとわかった以上、もはや看過できませぬ。いまこの戦いで、確実に息の根を止めるべきです」

「――石川、数正？」

それは、初めて聞く名前だった。

だが、秀吉様も何度もお会いされていますよと官兵衛に言われて、儂はようやくその顔を思い出した。よく徳川家から使者としてやってくる家老で、くそ真面目で一緒に酒を飲んでもちっとも楽しくなさそうな、地味で印象に残らぬ男である。

「あの、実直さに目鼻が付いただけのような男に、知略などあるのか」

「はい。しかもとんでもない知恵者です。今回の戦で、佐々成政に長宗我部、雑賀衆に根来衆、北条までもが一斉に反旗を翻したのは、すべて石川殿の仕掛けたことだとわかりました。かの者が、徳川家の外交を一手に握っておるのです。いま新たに徳川が本願寺顕如を味方に引き込もうとしているのも、石川殿の献策によるものと考えて間違いないかと」

「おお……そうなのか」

人は見かけによらぬものだ。

官兵衛などは、その明晰な口調と雰囲気から、初対面で少し話しただけで「こいつは只者ではない」とすぐにわかった。だが、以前に会った石川数正からはそんな印象をまったく感じなかった。才気をひけらかすでもなく、ただ黙って淡々と自らの職責を果たすという類の人間であるらしい。

「不覚ながら、かの者が徳川家の要であると、私も長いこと気づきませんでした。石川殿はただの取次の家老で、すべては家康殿がご自分で差配しているのだと思っておったのですが、実は家康殿は戦略のほとんどを石川殿に一任されていた」

「ははは。あまりに地味すぎて、官兵衛ですら動きを察知できなんだか。それは逆に、かなりの切れ者と言えるのではないか」

「私としたことが、完全にしてやられました。ですが、もはや徳川の要が石川殿だとわかった以上、多少は汚い手を使ってでも、その動きを封じます」

「汚い手？」

藁をも掴む心境で官兵衛に尋ねたものの、儂は正直言って、たとえ敵方であっても有能な人間を罠にはめるのは好きではない。

そのような有為の士であれば、できることなら儂に好意を抱いてもらい、我が家中に迎え入れたいと思っている。あの本多忠勝だって、儂はかつて家康が仲間同士だった頃に、冗談めかして我が家に帰参しないかと誘ってみたこともあるのだ。当然ながら即答で断られたが。

とはいえ、石川数正の巧みな外交のせいで我が羽柴家があちこちで苦戦を強いられているのだとしたら、この際そんな甘いことは言っていられない。石川数正を無力化する策について、官兵衛はすらすらと説明した。

「徳川方についた信濃の木曾義昌殿を我が方に寝返らせます」

「それと石川数正を封じることに、なんの関係があるのだ」

「木曾殿は石川殿の調略に応じて、少し前から徳川家の傘下に移ったばかりです。そんな木曾殿がこの微妙な時期に我が方に寝返ったとあらば、徳川の家中で石川殿の信用は失墜しましょう。さらに、それに合わせて偽の噂を流します」

なんのためらいもなく、官兵衛はあっさりとそんなことを言ってのける。いったいどんな噂をばらまくつもりなのかと私は尋ねた。

「石川数正殿のもとにも秀吉様から寝返りの誘いが盛んに来ており、石川殿もまんざらではないらしい、と。その噂を家康殿が信じれば石川殿は疑われ、その後はいくら良策を提案しようが一切通らなくなります。そうなればまさに、我が方の思うつぼにございましょう」

「……汚いの」

「ええ。汚いことです」

官兵衛は何ひとつごまかすことなく、汚い策であると言い切った。つまり、そんな策に手を染めてでも勝たねばいけない局面なので、腹を括れということだ。

「うーむ……」

正直、気は進まない。だがそれでも、これだけの実力差がありながらなぜか一向にうまく進まない今回の戦いに、儂も心底参っている。

「わかった。お主にすべて任せたぞ官兵衛」

「御意」

これまでも何度か、こういった気の重くなる策略を用いたことがあった。

そういう時に儂はいつも官兵衛に「お主にすべて任せた」と言い、結果以外は一切聞こうとしなかった。官兵衛も心得たもので、どんなえげつないやり口を使ったのか、決して途中経過を儂の耳に入れようとはしない。

「私が何をやったかを知ってしまったら、秀吉様の表情に暗い影が差してしまいます。それがひとつやふたつならともかく、そういった影がどんどん積み重なっていくと、いずれその影が秀吉様を呑み込んで、秀吉様は人の上に立てなくなります。だから細かいことは一切お知らせしません」

官兵衛はかつて一度だけ、儂にそう言ったことがある。

一か月の水攻めの末に、ようやく竹ヶ鼻城が音を上げて陥落したところで、儂はかつての大先輩、滝川一益殿を呼んで出陣を命じた。

「滝川殿、仕上げじゃ。これから我々は信雄様の根城、長島城を攻め落とす。そのために貴殿は、九鬼の水軍の力を借りて蟹江城と前田城を急襲せよ。この二城さえ落ちれば、もはや長島城は支えを持たぬ裸城。攻略はたやすい」

滝川殿は賤ヶ岳の戦いで儂に敗れ、一度は剃髪して蟄居したが、その後儂の家臣として再び取り立てられていた。たび重なる敗北により、もはや往時の颯爽とした雰囲気と目の輝きは完全に失われており、外見はすっかり耄碌したよぼよぼの爺さんだ。

だが、強力な九鬼水軍の支援のもと、滝川殿はなんとか無事にこの二城を落とした。今回も家康の援軍は間に合わなかった。

「よし。あとは信雄様の長島城を囲み、降伏させれば儂の勝ちじゃな。長久手で大負けした時はどうなることかと思ったが、なんとか挽回できたわ――」

二．徳川家康の独白

「あの猿……やはりひと筋縄ではいかぬ曲者よ」

私がガリガリと爪を齧りながら呻くと、傍らに控えた酒井忠次が苦々しい顔で「そうですな」と頷いた。本多忠勝が、怒りに燃える声で気勢を上げる。

「おのれ秀吉、なぜ正々堂々と勝負しようとしない。この卑怯者が！」

「あのなぁ忠勝……これは卑怯ではない。戦術じゃ」

小牧と長久手で痛撃を食らわせた直後こそ、ひょっとしたら勝てるかもしれぬという一縷の望みが生まれたが、その望みも一瞬でしぼんだ。

長久手の戦いのあと、楽田城には秀吉の弟の羽柴秀長殿が籠り、自分からは一切外に出てこなくなった。もう一度大きな野戦を挑んで秀吉軍を打ち破り、一気に勝負を決してしまおうという我々の思惑はこれで頓挫した。

そしてその間に羽柴軍は別動隊を動かし、尾張のはるか西側にある信雄様の加賀野井城と竹ヶ鼻城への攻撃を開始した。我々はすぐに援軍を送ろうとしたが、二つの城は遠いし、そういう時だけ秀長殿は城から打って出て徹底的に阻止してくる。兵数としてはあちらのほうが圧倒的に多いため、我々はどうしても秀長軍の分厚い壁を突破することができず、孤立無援となった二つの城はあえなく落城したのだった。

端からわかっていたことではあるが、やはり秀吉は強い。

いや、秀吉の軍が強いというよりは、信雄様の軍が弱すぎるのだ――

誰もはっきりと口に出しては言わないが、心の中ではそう思っている。

信雄様の軍は総じて士気が低く規律がなっていないため、戦況が少しでも不利になるとすぐ逃げ腰になってしまい、脆く崩れやすい。それがわかっている秀吉軍も尾張の中心部にいる徳川軍を避け、西の国境近くの信雄様の軍ばかりを露骨に狙ってくる。

その狡猾なやり口に、我が軍の誰もがうんざりしていた。

「竹ヶ鼻は水攻めにされたそうにございます。秀吉の奴、土嚢をひとつ運んだら、それと同じ重さの米俵と交換してやると近隣の百姓どもに触れ回ったらしく、それで誰もが目の色を変えて作業に加わったものだから、城の周りに水を引き入れる堤は、ほんの一日か二日で完成したとか」

「はあ……相変わらず金にあかして派手なことをする」

片や我が徳川軍は、戦いがはじまってまだ二か月も経っていないのに、早くも兵糧と弾薬の蓄えは心もとない。通常であれば追加の兵糧を送るよう国元に指示するところだが、それはできぬ相談だった。

「国元のほうはどうなっておる」

「留守居の者たちが苦心して百姓どもをなだめておりますが、いつ一揆が起こってもおかしくない状況であると、悲鳴のような文が何通も届いております」

昨年の夏に東海を襲った五十年に一度という大雨のせいで、我が領国はボロボロだ。そんな中、領民たちに無理を強いて、背伸びをして秀吉と戦わざるを得ないことに心が痛む。ここは勝負所なのだ、すまぬ、あと少しだけわがままに付き合ってくれ、と私は心の中で領民たちに詫びた。

当然のことながら秀吉は、そんな私の苦境を見逃さず、容赦なく我が軍を追い込んでくる。数日ののち、さらに悪い知らせが飛び込んできた。

「ご注進！　信雄様の前田城と蟹江城が、羽柴勢の攻撃を受けております！」

「前田城と蟹江城だと……」

その場に居合わせた者たちの顔が思わず青ざめる。

信雄様の居城である伊勢の長島城は、前田・蟹江の両城と相互に連携を取ることでその機能を発揮している。この両城が落ちたらもう、長島城はなんの支えも持たぬ裸城になってしまう。

「ずいぶんと知らせが遅かったではないか！　信雄様の軍は何をしておった！」

「それが、敵方は九鬼水軍の力を借りて海から攻め寄せたため、途中の関所も砦もすり抜けて、織田軍の誰も接近に気づくことができなかったとか……」

「ぬうッ！　今度は水軍とな！　秀吉の奴、よくもまあ次から次へと」

そんなものまで使えるのか、と羽柴軍の多彩さに私は圧倒された。前田城も蟹江城も河口近くの川沿いに築かれている。川が天然の防壁となり物資の運搬にも便利だが、まさか海から敵軍が押し寄せてくるとは。

「皆の者、出陣じゃ！　楽田城の秀長が邪魔してくるだろうが、なんとしても跳ね返して前田と蟹江を取り戻す。この両城を奪還できねば、信雄様は耐えられぬ！」

これまでの動きからいって、秀長殿が小牧山城を本気で落としに来ることは絶対にない。私は小牧山城には必要最低限の守備兵だけを残し、ありったけの兵を率いて前田城と蟹江城の奪還に向かった。

もはや後先を考える余裕はない。徳川軍がどれだけ強かろうが、丸裸になった長島城が囲まれて信雄様が討ち取られたら、どちらにせよ私の負けなのだ。

「ここは正念場である！　矢弾の蓄えは乏しいが、いま惜しんではすべてを失うことになる。気にせず使うのじゃ。この城を取り戻さねば、我らの明日はないと思え！」

「おう！」

以前の戦いで加賀野井城と竹ヶ鼻城を救うことができず、みすみす敵の手に渡してしまった我が軍は雪辱に燃えていた。本多忠勝などは例によって、

「長久手の時のように儂がひと睨みして、戦わずに敵を追い払ってくれるわ」

などと大風呂敷をひろげて豪快に笑っている。普段は面倒くさくて仕方がない三河武士どもだが、こういう場面では本当に頼りになる。

我々は小牧山城を出ると、道を阻もうと出てきた秀長軍を騎虎の勢いであっという間に蹴散らし、そして火を噴くような勢いで前田城を攻め立て、あっという間に城を抜いてしまった。

たしか、城を守っていたのは滝川一益殿だったはず――

織田家では名の知れた歴戦の古強者だ。それなのにこうもあっさりと倒してしまうとは、自軍のことながら少しばかり恐ろしさを感じた。それでも家臣どもは、こんな城攻めなど朝飯前とでも言わんばかりに「さあ殿、次に参りましょうぞ」と事もなげに言ってのける。

この勢いを使わない手はない。私はすぐさま蟹江城に襲いかかることを命じ、そして家臣たちは見事にその期待に応えた。

城のあちこちに翻っていた滝川家の旗はあっという間に折られ、踏みにじられ、落城からほどなくして蟹江城は再び我が方の手に戻ってきた。

私は蟹江城の本丸に立って、安堵と苦悩のため息を吐いた。

今回はなんとかなったが、こんな戦い、あと何回できるだろうか――

酒井忠次が、我が軍の蔵に備えられた兵糧と矢弾の残りの量を報告してきた。

今回の戦いで一気に弾薬を使ったことで、その残りはもうわずかである。急いで茶屋四郎次郎に堺で買い集めさせるが、この大きな戦の中で値段は急速に吊り上がっている。金もあまり残っていない中、この先どこまで持ちこたえられるかは正直言ってまったくわからない。

七．和睦交渉　――羽柴秀吉と徳川家康の独白

一．羽柴秀吉の独白

せっかく落とした前田城と蟹江城があっさりと奪い返され、うまくいきかけた儂の計画は再び白紙に戻ってしまった。もう儂の我慢も限界だった。

「あの滝川の耄碌爺め！　せっかく名誉挽回の機会を与えてやったのに、やっぱりなんの役にも立たぬわ！」

そう歯噛みして悔しがっても、もう遅い。

「なんでじゃ……やはり儂は、家康には勝てんのか……」

そう言って悔やむ儂に、官兵衛は落ち着き払った口調で答える。

「いいえ、人選を誤りました。まさか家康殿の軍が秀長様を打ち破って援軍に駆けつけるとは。そうとわかっていれば、滝川殿お一人に任せっきりにはせず、もう少し頼れ

る副将をつけて守りを固めていたのですが」

　まったく動揺すら見せないその口調が、なんだか儂を小馬鹿にしているように思えてきて、儂は思わず官兵衛を怒鳴りつけた。

「せっかく信雄様を追い詰めたと思ったのに、これでもう一度、最初からやり直しではないか！　しかもいまは家康の兵も守りに加わっておるのだぞ。勝てるわけがない」

「いえ、勝てます」

「勝てぬ！」

「……まあ、気長に参りましょう秀吉様。国力に勝る我らと違って、徳川は疲弊しきっております。見かけは強く見えても、それは中が腐った古木のようなもの。あと少しだけ大風を吹かせてやれば、あっけなく倒れます」

「本当にそうなのか？　なあ、本当に倒れるのか官兵衛ェ！　儂にはとても、そうには見えぬぞ！」

　最後は半分涙声になりながらそう詰め寄る儂の姿を見て、官兵衛はハアと深いため息を吐くと、苛立ちを隠せない様子で言った。

「秀吉様は少々お疲れなのです。どうです。しばらくの間、戦から心を離して、有馬まで湯治に行かれてはいかがですか」

「なんだと？」

「これほどまでに一進一退の先の見えぬ戦いですから、総大将ともなれば寝ている間も起きている間も、常に心を削られておられることでしょう。そのご心中、お察しいたします」

いきなり官兵衛がそんなことを言いだしたので、儂は面食らった。

だが官兵衛の言うとおり、たしかにいまの儂は心底疲れている。この歳になるまで体の不調などついぞ感じたことはなかったのに、最近はどうにも眠りが浅く、頭の中に靄がかかったように考えがまとまらない。

たまには別のことを考えて、気分を入れ替えなければ潰れてしまうということは自分でも薄々感じていた。だが、それでも戦から目を離してしまうことがどうしても不安で、気がつくとまた家康のことばかり考えてしまっている。

「そんな暇があるか。儂が戦場を離れたら、すぐに家康が付け込んでくるわ」

「いえいえ。当面は両軍とも、互いに手出しができず城に籠って睨み合っているだけです。それよりも、そんなに思い詰めておられては家康殿に勝つことも難しくなりましょう。有馬の湯で溜まった疲れをお流しになり、きれいに頭を入れ替えた上で家康殿との決着をおつけなされませ」

「うるさい！　そんなふうに儂の身を気遣う心があるなら、とっとと家康めと和睦して戦を終わらせればよかろう。お主の優しさは所詮口だけじゃ！」

止まらぬ苛立ちを抑えきれず、儂は思わず官兵衛に怒りを叩きつけたが、そこでふと、一人の小姓が部屋の入口のところでもじもじしていることに気づいた。いま声をかけてもよいものかとビクビクしながら機会を窺っている様子で、怯えた目でこちらのほうを見つめている。

「なんじゃ！」

「あ……あの、尾張におられる秀勝様の、お付きの方から……急ぎの書状が届いております……」

「お付きの方ぁ？　秀勝の奴め、なぜ自分で書状をよこさぬ！　無礼な！」

儂の剣幕にすっかり体を硬くした小姓が、膝行しながら儂のそばに近寄り、震える手で手紙を差し出した。それを乱暴にひったくって読んだ私は、さっと自分の血の気が引いていくのを感じた。

「秀勝が……急病？……」

それを聞いて、横に控えていた官兵衛も途端に顔色を変えた。

「数日前から、なんの前ぶれもなくいきなり高熱を出して寝込み、歩くのもままならず、とても軍の指揮を取れるような状況ではない、とのこと——」

思わず目まいがして視界が暗くなる。己の意思に反して、勝手にだらりと体中の力が抜けた。

秀勝は信長様の四男で、今年で十八になる私の養子だ。一歳違いの甥の秀次よりもよほど頼りがいがあるので、場合によっては三法師様を廃してこの秀勝を織田家の後継者に押し立て、儂は織田家当主の義父として実権を握るというやり方も、ひとつの選択肢として儂の頭の中にあった。

儂の未来を拓くための重要な駒だった秀勝が、もしこのまま病死したらどうなる。儂の頭は全力で回転をはじめ、そして燃え尽きるようにぶすぶすと失速した。

「なぜだ……なぜにこうまで何事も上手くいかぬ……」


頭がうまく回らず、考えが一向にまとまらない。

ちょっとした判断の誤りが死に直結するギリギリの駆け引きの中で、ひとつ間違え、ひとつは正しく、そしてまたひとつ間違えるといった暗中模索が半年間ずっと続いている。そんな浮き沈みをくり返すうちに、儂の心は自分が思っていた以上にひどくすり減っていたようだ。秀勝の急病というきっかけを得て、気力だけで押し留めていたその疲れが一気に噴出した。

「秀吉様。お気を確かに。すべてうまくいっております。あと少しの辛抱です」

官兵衛がそう言って必死に儂をなだめようとするが、その言葉はもはや儂の耳にはひとつも入ってこなかった。遠い目をして、つぶやくように言った。

「辛抱、辛抱……お主はいつも儂に辛抱せえと言う」

「あと少しで、家康殿を亡き者にできるのです。ここが勝負所にございます」

「小牧で敗れ、長久手でも敗れ、やっと蟹江城と前田城を落としたかと思えばあっさりと奪い返され……儂はいったいどこまで辛抱すりゃええんじゃ……」

「いえ、それでも我が軍は尾張を包囲し、少しずつ信雄様を――」

儂がこれほどまでに疲弊しているというのに、絶対に戦いを止めようとしない官兵衛に急にむかっ腹が立ってきた。そして一度火が点いてしまったらもう駄目だ。私は思わず官兵衛を怒鳴りつけていた。

「その少しずつを得るために、いったいどれだけ負けておるのじゃ！　負けるたびに家康の声望は上がり、もともと高かった儂の評判はガタ落ちしておるのだぞ！　このままでは早晩、儂と家康の立場は逆転してまうわ！」

「秀吉様は、お疲れのあまりご自分を見失っておられます。まだまだ羽柴家は強い。いま、家康殿は秀吉様以上に、苦しい台所事情で悩んでおられるはず」

「ならばもう、ここで和睦でええじゃろうが！」

半ば悲鳴のような声で、一喝していた。

ここで信雄様との間で和議を結び、戦いにいったん幕引きをする。そうすれば儂も敗北の恐怖に怯えずに済むし、家康だって長雨で国が疲弊している中、儂との戦いを終わらせられるのは悪くない話だろう。お互いにとって苦しみでしかないこの泥仕合を延々とこのまま続けることに、果たしてなんの意味があるというのか。

だが、私の怒号を浴びても官兵衛は絶対に首を縦に振らなかった。

「いけませぬ秀吉様！　家康殿にはここで確実に、首になって頂かねばなりませぬ。さもなくば、二十年ののちに必ずや、羽柴家に害なす存在となりましょう！」

官兵衛も、珍しく額に青筋を立てて儂に食い下がってきた。いつも冷静なこの男がここまで熱くなったのを儂はいままで見たことがない。

「なぜじゃ！　儂のほうが勝っておると、官兵衛も先ほど申しておったではないか。ならば無理に勝ちを急がず、慎重に少しずつ追い詰めていくほうがよほど確実じゃろう。なぜ危険を冒してまで、いまこの時の勝ちにこだわる！」

すると官兵衛は、憮然とした表情で言い切った。

「いまここが、家康殿を確実に葬ることができる最後の機会だからです」

「別に、仕切り直したあとでも状況は大して変わらぬわ」

「いえ。まったく違います。ここで家康殿を殺さなければ、家康殿は『秀吉様に楯突いて殺されなかった唯一の男』として人々の心に強く刻まれます。たしかに、それでもいますぐは何も起こりますまい。ですがこの先何十年かののち、どこかで羽柴家が苦しい状況に追い込まれた時、人々に刻まれた記憶が、必ずや家康殿の背中を押します。それは間違いなく、羽柴家にとって命取りとなりましょうぞ！」

そんなことが、起こるだろうか。

だが、官兵衛がそこまではっきりと言うのだ。ならばきっと起こるのだろう。私は官兵衛をなだめるように、ため息交じりの声で言った。

「あのなぁ官兵衛……別に儂は、家康を殺さぬとはひと言も言っておらぬ。奴は近いうちに、何かしらの理由をつけて殺す。だがいまはその時ではないと言ってるだけじゃ」

心底うんざりした儂の言葉を聞いて、官兵衛が声を荒らげる。

「それは何年後のことにござりますか！　せっかく相手が死にかけているのに無為に時を与えて、それで家康殿が息を吹き返してしまったらどうするのです。いま以上にあのお方を確実に殺せるような好機など、そうそう何度もやってくるものではござりませぬぞ！」

本当に、官兵衛がここまで感情的になるのは珍しい。儂が主君であることも忘れたかのように、口角泡を飛ばし、畳みかけるような早口で訴えてくる。

「誠に恐れながら、家康殿は秀吉様よりも六歳お若い。そのことを私は案じておるからこそ、いまここで将来の禍根を絶つことにこだわっておるのです！」

「ぐぬ……っ！」

「いまでこそこうして、家康殿とは戦場で互角に相まみえることができております。ですが、仮にこれが五年後、十年後となった時に、この御歳の差がどう勝敗に左右してくるかはまったく読めませぬ！　それに、御世――」

官兵衛がそう言いかけた刹那、時が凍った。

己の失言にハッと顔色を変え、とっさに言葉を飲み込む官兵衛。

儂も、思わず息を呑む。全身の毛穴がキュッと引き締まるのがわかった。

あの官兵衛が珍しく冷静さを欠いて、うっかり飛び出してしまった本音の言葉。かろうじて最後まで言わずに止めたが、官兵衛が何を言いたかったのか、儂にはよくわかった。

御世継ぎが、家康殿にはたくさんおりますが、秀吉様にはおられませぬ――

誰にも真似できないほどの奇跡的な立身出世を遂げ、この世のすべてを手に入れたなどと評されるこの儂が唯一手に入れていないもの、それが子供だった。

何人もの側室をとっかえひっかえしているのに一向に生まれる気配がないので、その原因が儂にあることは間違いない。我が羽柴家の命運を左右する由々しき大問題なのに、もう何年もそのことに誰一人として触れようとしないのが、儂の心を逆に容赦なくえぐってくる。

いいかげん四十六にもなると、そういうものなんだなとさすがに諦めもついてきて、単に養子を取るだけのことではないかと開き直れるようになった。だが儂が三十歳くらいの頃には、どんなに出世しようがどんな栄耀栄華を手に入れようが、子を作れないというただその一点だけで、儂は大名失格だという絶望に何度も叩き落とされたものだ。

こんなふうに口を滑らせるなんて、いつもの官兵衛らしくもない。

即座に凍りついた空気は、下手に冗談でごまかしたりしたら修復不能なことになる。儂はいまの発言を聞こえていなかったふりをした。

「……要するに、時をかけるほどに不利になるのは儂のほう、ということじゃな」

「――はい。恐れながら」

深々と頭を下げた官兵衛の額から、汗がすっと流れ落ちた。平伏するふりをして目を逸らしおったなこの野郎、と儂はむかっ腹が立った。

「官兵衛、お主の言い分はわかった。それでは、家康と和議を結ぶが、その条件はきわめて厳しいものとしよう。まぁ、信雄様と家康から人質を取れば十分であろう。それを見れば世の者共も、羽柴が勝って徳川を屈服させたということを理解するであろうし、その後、家康の奴もよもや儂に楯突こうとは思うまい」

「いえ……家康殿は人質などで止められるお方ではございませぬ。何度でも申し上げますが、ここで家康殿の息の根を止めておかねば、五年、十年ののちに……」

　ここまで儂に無理を強いておいて、それでもまだ言うのか官兵衛。

お主がそこまで言うのだ。きっとそのやり方は正しい。

だが、たとえ自分の判断がどれだけ間違っていようとも、今回ばかりは官兵衛の意見に従うつもりにはどうしてもなれなかった。気がつけば自然と、生まれ故郷の言葉が出ていた。

「……官兵衛。おみゃあ、なんか勘違いしとれっせんか？」

「!?」

　普段とは一変した儂の雰囲気に、官兵衛の顔色がさっと真っ青になる。こんな官兵衛の表情は初めて見た。

「儂ゃ、おみゃあの知略をようけ信じとるもんだで、いままでおみゃあさんの言うこと、一から十までぜーんぶ聞いとったがね。だけんど、それでもこれだけは絶ーっ対に忘れたらあかんがや」

ガタガタと震えている官兵衛に向けて、儂は静かに告げた。

「――儂が、主君だがね」

「は……ははっ！」

顔面蒼白になり、地面に額を擦り付けて返事をする官兵衛の姿を見て、なんだ、こいつも怯えることがあるのか、と急にこの男が人間のように思えてきた。

「たしかに、儂は少々疲れてるようじゃな。お主の言うとおり、儂はしばらく有馬に湯治に行くことにする。そして、家康の奴とは和睦じゃ。折衝は任せたぞ、官兵衛」

二．徳川家康の独白

秀吉から、和睦の申し入れがあった。

和睦の条件などは一切わからない。羽柴家と徳川家が戦うことで民は塗炭の苦しみを味わっている、だから互いにここは手を引くべきではないか、という提案だけが、秀吉の側近である黒田官兵衛殿の使者から伝えられてきた。

軍議がただちに開かれ、この申し入れにどう対処すべきか議論が行われたが、案じていたとおり軍議は大荒れになった。

当然ながら、秀吉との開戦に反対していた石川数正は和睦すべきだと主張した。

「秀吉殿に刃向かうのはやはり無理がありました。よい機会です」

すると、下座のほうから口汚い罵声が飛んでくる。

「臆したか数正！　秀吉の回し者め！」

「我々はまだ戦える！　お主のような腑抜けとは違う！」

「かくなる上は、秀吉めの軍に突っ込んで死に花を咲かせるのみよ！」

私は一喝して家臣どもを黙らせ、脇息に半身を預けて考え込んだ。

やっぱり、軍議なんて開かずに自分一人で決めるべきだった。我が軍の米蔵と煙硝蔵にどれだけ中身が残っているかも知らず、彼我の兵数差など考えたことすらない家臣どもの意見を聞いた私が馬鹿だった。

正直言って、我が徳川家はもう限界だ。こればかりは家臣たちの気合と忠誠心だけではどうにもならない。


結論の出ないまま軍議が散会となったあと、しばらく一人にしてくれと言って私は茶室に籠った。

誰もいないので礼儀作法など気にする必要もない。炉に炭をくべて湯が沸くまでの間、私は四畳半の茶室にゴロリと大の字になって寝転び、天井板の木目をぼんやりと見つめていた。しばらくそのまま呆然としているうちに、私はいつの間にか自分が、一向に結末の見えない一進一退の戦いの中でへとへとに疲れきっていることに気づいた。

なんだか、馬鹿々々しくなってきたな――

開戦当初の私は、秀吉を倒して織田家を守るのだという使命感に燃えていた。秀吉におとなしく従属して生きるくらいなら、信長様の遺したものを守るために死んだほうがましだと片意地を張り、石川数正の制止を振り切ってまで勝ち目のない戦いに身を投じた。

それなのに、信雄様の不甲斐なさときたらどうだろうか。

愚鈍な方だという噂は、以前からよく耳にしていたので覚悟はしていた。それでも実際にこうして共に戦ってみると、本当に薄っぺらい方だと痛感する。

他人を見下したような態度を取るわりに、窮地に陥るとすぐに誰かに泣きつく。自分の立場や力量をわきまえず、気に食わないことがあると後先を考えずに感情のままにわめき散らす。自分に都合のよい話ばかりをホイホイ信じて、ろくな考えもなく軽率に振る舞う。

まるで信長様の悪いところだけを抽出して煮詰めたような方で、いくら信長様が遺したご子息だとはいえ、自分たちはこんなお方を守るために秀吉と戦って死ぬのかと思うと心底ゲンナリする。

「なんで、私は戦っているのだろう……」

この戦のために、何人もの家臣たちが傷つき、命を落とした。

彼らは私のため、いや三河国と徳川家、ひいてはそこで暮らす家族のために命を張って戦い、そして散っていった。果たしてこの戦いには、そんな彼らの命に値するだけの価値があったのだろうか。

加えて、昨年の夏に降った未曽有の大雨のせいで、我が領内では多くの田畑や家屋が洪水で流され、百姓どもは困窮している。それなのに殿は、我々の窮乏を見て見ぬふりをして秀吉との戦にうつつを抜かしていると、民の不満は爆発寸前だ。

「家臣たちを傷つけ、民を踏みつけてまで、私が守ろうとしたもの――」

天井を見ながら、大きなため息が漏れる。


その時だった。

なんの前ぶれもなく、ひとつの考えが私の頭をよぎった。

いや、その考えは実はずっと前から私の中にあったのに、私がその存在に気づいていなかっただけなのかもしれない。初めてのわりにはなぜか妙にしっくりくる、肚に落ちる感じのある考え。そしてその考えは、なぜか信長様の声の形をしていた。

儂がこの世に遺したものは、「天下」じゃ――

まるで唐突に天から降ってきたようなその発想に私は戸惑い、思わず起き上がって周囲をきょろきょろと見回した。周りには誰もいない。その発想が泡のように消えてしまう前に、私は慌ててそれに自分の考えを付け足して補強していった。

そもそも、信長様がその生涯をかけて作り上げ、遺したものとは何か。

織田家か？　三法師様か？　信雄様か？

違うだろう。信長様が遺してくれたのは、「天下」という概念だ。

この国の誰もが、自分の目に見える範囲のわずかな土地に固執して、やれ隣の土地を奪ってやろう、やれ自分の土地を奪われないように兵を増やそうなどと、小さな視界の中で不毛な所領の奪い合いに人生を賭けている。

その中で、信長様だけはただ一人、まったく違う目で世界を見ていた。

そんなちっぽけな戦いをいくら続けたところで、きりがない。

それよりも、京を押さえ将軍を押さえ、朝廷を押さえてこの国全体に号令をかけてしまえば、労せずしてすべてが根こそぎ手に入るではないか――

その発想はあまりにも壮大すぎて、誰もが尻込みをして手を出そうとはしなかった。いや、尻込みする以前に、由緒正しい源氏や平家の血を引くわけでもない自分が、そんな大それたことに首を突っ込んでよいはずがないと思い込み、そもそも手を出せるものだと考えもしなかったというのが正確なところだろう。

そんな「大それたこと」にためらうことなく手を出し、その気になれば誰だって天下を目指してよいのだと四海に知らしめたこと。それこそが、信長様が真にこの世に遺してくれたことではないのか。

天下統一——自らが諸大名の頂点に立つことで、この国でもう百年以上も続いているこの不毛な私闘を終わらせる——その壮大な発想こそが、信長様がこの世に遺したものなのだとしたら、どうだろう。

あの信長様のことだ。それを実現させるのが織田家であるかどうかには、別に大してこだわらないのではなかろうか。

もしその役目を私が継ぐことができれば、私は信長様の遺志を実現したことに——

「ああああああーッ！」

私は吼えた。ありったけの大声を腹から出した。

すると丹田のあたりに力がみなぎってきて、体を覆っていた倦怠感はすっかり吹き飛んでいた。茶室の外で控えていた小姓が何事かと泡を食って外から声をかけてきたので、大丈夫だと答えて力強く立ち上がる。

決めた。私は信長様の遺志を継いで、秀吉を倒して「自分で」天下を取る。だとすると、ここで無理に秀吉と戦って死ぬことにはまったく意味がない。和睦だ。いまはそれで力を蓄えて、いずれ捲土重来を図る。

私は茶室から出ると、酒井忠次と石川数正の両家老を呼んだ。

「数正、忠次。お主ら二人に秀吉との和睦交渉を任せる。頼んだぞ」

その言葉に、忠次が意外そうな顔をする。

「私にも、秀吉殿との取次を務めろということにござりますか」

そうだと私が答えると、忠次は不安げな表情でその理由を尋ねた。

これまで徳川家の外交は石川数正が一手に握ってきた。忠次も時々羽柴家への使者を務めることがあり、秀吉とも多少の面識はあるので、この役目がまったく無理というわけではないだろうが、普段と大きく違うやり方であることは確かだ。

「お主もよく知るとおり、家中には秀吉との和睦を望まぬ者が多い。もちろん、和睦は私が決めたことであり家臣に文句は言わせぬが、それでも、数正は以前からずっと秀吉との戦いに反対していたから、数正が私に入れ知恵をしたなどと、陰であらぬ中傷をしてくる者もいるかと思う。その点、お主が話に加わっておれば家臣どもがそのような勘違いすることを防げる」

「なるほど、左様でございますれば、謹んでお引き受けいたします」

そう言って忠次が頭を下げると、それに倣って数正も無言で頭を下げた。


話が終わって二人はそろって退出したが、その後しばらくして酒井忠次は一人で戻ってきて、私に内密で話がしたいと言ってきた。部屋に招き入れると、忠次は渋い顔をしながら膝を寄せ、私に小声で囁いた。

「殿。先ほどのは、少々まずかったですぞ」

「え？」

「秀吉殿との和睦交渉を、私と石川殿の二人に任せるとした件です」

「なぜじゃ。こうでもせねば到底、家中は収まらなかったであろう」

「まあ、確かにそうではあるのですが……しかし殿、先ほどの石川殿の顔、ご覧になられましたか？」

まったく見ていなかった。そう答えると忠次は沈痛な表情を浮かべた。

「それは困りましたな。最後に頭を下げた時の石川殿は、ずいぶん思い詰めた顔をして、歯を食いしばって悔しさに耐えておられましたぞ」

「え？」

「石川殿は、木曾義昌殿の件をいたく気に病んでおりますす。今回の殿のなされようで、きっと石川殿は、殿が自分を疑っているとお感じになったのではないかと」

「な……！　そんなつもりはない。私は数正への悪意を減らしてやろうと、よかれと思ってああ言ったのじゃ！　だいたい、数正もあれこれ考えすぎではないか。そもそも、木曾義昌の裏切りに数正がひとつも関係していないのは明白なこと！」

　すると忠次は、残念な人を見るような目つきで、私にしみじみと言った。

「殿……殿はそう信じられていても、家臣たちにはまた別の思いがありますゆえ」


　木曾義昌は、石川数正の取り成しで徳川に服従した信濃の国衆のひとりだ。

わずかな力しか持たぬ国衆たちは、実に簡単に裏切る。かの者たちは己の領地を守るため、その時その時でもっとも強い大名のもとに身を寄せて、その力を頼るしか生きる術がないからだ。

　木曾義昌もその例に漏れず、かつては信長様に従属していたが、本能寺の変のあとはいったん北条家の傘下に入り、その後すぐに徳川家の支配下に入るという変わり身の早さを見せている。数正は、義昌が徳川家に帰順する時に仲介役を務めた関係から、徳川家中における義昌の後見人のような位置づけに置かれていた。そして、そんな義昌はつい最近、秀吉の調略を受けてあっさりと秀吉側に寝返っていた。

私はそもそも国衆の忠誠などひとつも期待してはいなかったので、木曾義昌の離反の報を聞いても、まぁそんなものだろうと特になんとも思っていない。

だが、家臣たちはこれを、数正を責める絶好の攻撃材料にしているという。

いつも煮え切らない外交交渉の結果を聞かされ、苛立っている家臣たちの数正への不信感は根強い。そこに降ってきた木曾義昌の離反という「わかりやすい事件」に、思慮の足らぬ家臣たちはすぐに飛びついたのだ。

どうせ石川数正の奴も、木曾義昌と結託して秀吉と通じているのであろう――忠次が言うには、そんな根も葉もない中傷が私の目に見えないところで不自然なほどに飛び交っているらしい。

「木曾義昌の離反はまったく気にしておらぬと、私がいまさら言ったところで数正は信じてはくれぬだろうな」

「ええ。そんな取ってつけたようなことをあとから言っても、逆に石川殿の信頼を失うだけでしょう。済んでしまったものは仕方ありませぬ。その代わり、石川殿によくよくお声がけをなされませ。あのお方も、とても苦しいお立場にござります」

かくして、秀吉との和睦交渉がはじまった。

だが、これが我が家中をさらなる大混乱に陥れることになる。

ある日、秀吉のもとに話し合いに行った石川数正が、満面の笑みを浮かべながら帰ってきた。

「殿、お喜び下さりませ。秀吉殿は此度の戦のことは不問とし、こちらだけが一方的に人質を出すのではなく、血のつながった姫君を互いに輿入れさせて、姻戚関係を結ぶことを望んでおられるようでござります」

するうと、その横に座っていた酒井忠次が慌てて口をはさんだ。

「なんですと？　それは面妖な」

「え？」

「秀吉殿は本当にそんなことを申されていたのか石川殿。儂が話を聞いた時には、そんな素振りは露ほども見えませんでしたぞ」

「決して間違いなどござらぬ。儂は先日、秀吉殿のもとに呼ばれてそのようなご意向を伝えられたのじゃ」

数正がそう答えても忠次は半信半疑で、さらに問いただす。

「それは、秀吉殿直々にでござるか？」

「いや、さすがに私ごときの前に秀吉殿が直々に出てこられることはない。だが、秀吉殿の信頼の厚い黒田官兵衛殿が、これは秀吉様の直々のお言葉であるとして、そのようなことを申されていたのだ。ならばさすがに間違いはなかろう」

忠次のしつこさに、数正は少しばかり気分を害した様子だった。だが忠次もここで退くわけにはいかない。国の命運を左右する大事な交渉において、相手の言葉の意図を読み間違えたなど、絶対にあってはならぬことだからだ。

「うーむ。それは、儂の聞いていた話とまったく違いますな。儂は先頃に石田三成殿から、秀吉殿は和睦に前向きだが、条件についてはほとんど譲る気はないようだから、くれぐれも慎重になされよと忠告を受けましたぞ」

「そんな馬鹿な。よもやあの黒田殿が、主君の言葉を違えて伝えることなどあるわけがなかろうぞ。そちらこそ、本当に石田殿はそんなことを言っていたのか」

思わず色をなして反論した数正だったが、それは図らずも詰問口調となってしまった。責められたと思ったか、普段は温和な忠次の顔色がサッと一変する。

「儂が聞き間違えたとでも申されるか石川殿。それはあんまりな言い分ではないか」

「い、いや儂は、そんなつもりでは――」

私は、慌てて二人の会話に割って入った。

「よさぬか二人とも！　どうせ秀吉の奴がふらふらしていて、家中の統率が取れていないのであろう。もうよい。次からは二人で一緒に行け！」

このままでは徳川家を支える二木の柱が大喧嘩をはじめかねない。強引に会話を途中で切り上げさせたが、二人とも憮然として、黙ったまま帰っていった。

それからは酒井忠次と石川数正が二人一緒に羽柴家に行くようにしたので、二人の間で話が食い違うということはなくなった。だが、今度はまた別の問題が発生する。これまでは互いに尊重し合っていて良好だった忠次と数正の間柄が、なんとなくぎくしゃくしはじめたのだ。

「少し、よろしいですかな殿」

私は一人でいるところを忠次に声をかけられ、誰もいない物陰に連れていかれた。忠次は思い詰めた顔で私の耳に口を近づけ、小声で言った。

「石川殿の様子が、どうにも不自然でござります」

「え？」

「二人で羽柴家を訪ねると、誰もが石川殿には気安く声をかけ、感じよく和やかに談笑するのですが、私に対してはやけに冷たいのです。絶対におかしい」

普段、気のいい忠次がこんな他人の陰口のようなことを言うことはまずないから、どうにも穏やかではない。

「それは、単にお主が嫌われているだけではないのか？」

「違います！　逆ならまだしも、石川殿のほうが親しまれて私のほうが遠ざけられるなくもない。

「……いや、お主がなぜにそこまで自信満々なのか私にはわからぬが」

忠次の自信過剰ぶりには少しばかり呆れたものの、たしかに忠次の言い分はわからなくもない。

数正は生真面目で隙がなく、理屈っぽいところがあるため、どこか近寄りがたい面があるのだ。それと対照的に忠次は陽気で大雑把なので、誰からも好かれて頼りにされている。同じ徳川家の者なのに、親しみやすい忠次のほうが露骨に邪険にされ、近寄りがたい数正のほうが和やかに相手されるというのは、忠次の自信過剰を抜きにしてもまぁ、たしかに奇妙といえば奇妙だ。

「数正は、ずっと昔からひんぱんに織田家に出入りしてきたのじゃぞ。そりゃあ羽柴家に顔なじみも多いだろうし、心を許して和やかに話すこともあろう。いくらなんでも考えすぎじゃ」

「いえ、あながち考えすぎとも言えませぬぞ。評定のために羽柴家を訪ねると、石川殿は本当にあちこちから声をかけられるのです。羽柴の家臣たちが、石川殿ちょっとよろしいか、石川殿この前の件じゃが、などと声をかけてきては、二人で物陰に行ってボソボソと話してすぐ戻ってくるなんてことが、しょっちゅうあるのです」

秀吉の気まぐれに振り回されすぎて、忠次も少し調子を狂わされているのかもしれない。私はきっぱりと忠次の疑念を否定した。

「本当に造反を企んでいる人間は逆に、そんな明らかに怪しい振る舞いはせぬよ。そうではないから、お主がいる前でも堂々とそんなことができるのだろう」

「いや、それは、殿は実際にその場の様子を見ておられないから――」

私はこの話を続けるのが嫌になり、強引に会話を打ち切った。

「もうよせ。忠次、お主の懸念はわかった。だが数正は幼い頃から私に仕え、お主と並んでこの徳川を支えてきた柱石じゃ。私は数正を信じる」

「は……ははっ！」


どうにも、雰囲気が重苦しい。

一向に進まぬ交渉への苛立ちから、忠次と数正の関係は微妙にささくれ立っている。秀吉側が言ってくる話は、相変わらず二転三転していた。打ち合わせの席に臨むたびに毎回違う人間がやってきてはバラバラのことを言うので、果たしてどれが秀吉の本意なのか、さっぱりわからない。

とうとう私はしびれを切らして、数正と忠次の二人に命じた。

「おそらく秀吉の家中では、和睦という根幹は決まっていても、枝葉の条件のところで考えがまとまっておらぬのじゃろう。もうこれ以上、口であれこれ話をしていても埒が明かぬ。それゆえ、ここから先の折衝はすべて書面で行うようにせよ。こちらの案を書状にして秀吉に直に渡し、あちらからも書状で答えをもらうのじゃ」

書状でやりとりをすれば、言った言わないで揉めることもなくなる。互いの腹の探り合いはもう十分にやり尽くしている。そろそろ多少は強引に話を進めてもいい頃だ。

「我々のほうから出す条件は、いかがなものとしましょうか」

忠次がそう聞いてきたので、私は少しだけ考え込んだ。

「数正、たしか黒田殿は最初、秀吉は我々と姻戚関係を結ぶことを望んでいると言っていたのだな」

「はい。秀吉殿は我が徳川の力を認めており、戦って互いに傷つけ合うよりは対等の同盟関係を結んで仲間になるほうが得策であるとお考えのようだと——黒田殿はそんなことを申しておりました」

「奴がそこまで弱気ならば、何もこちらから進んで下手に出る必要もあるまい。まずは勝ち負けを定めぬ停戦を、我々の案として秀吉に提案してみることにしよう」

我々から提案することにしたのは、対等な内容での信雄様と秀吉の和解だった。すなわち、これまでの争いはきれいに水に流して、ことごとく戦の前の状態に戻すこととし、秀吉が奪った信雄様の城はすべて信雄様にお返しするというものだ。我々にとってかなり虫のよい内容ではあるが、小牧でも長久手でも我々は勝っているのだから、これくらい強気でいってもおかしくはないはずだ。

そもそも我々だって、いきなりこんな条件ですんなりと決まるなどとは思っていない。この提案はあくまで呼び水だ。

これをぶつけることで、秀吉から「こんな条件はとても飲めないが、ここまでなら考えてもよい」という回答を引き出すのだ。それに我々の回答を返して、また秀吉の回答をもらうというやりとりを何往復もくり返す。そうやって妥協できる落とし所まで互いに少しずつ寄せていくのである。

私はこの内容を書状にしたため、数正と忠次に持たせて秀吉のもとに送り出した。

さて、この提案に秀吉の奴はどんな答えを返してくるだろうか。

私はやきもきしながら二人の帰りを待ったが、やってきたのは最悪の結果だった。

忠次と数正は、見ていて気の毒になるほどに落胆して帰ってきた。いったいどうしたのだと尋ねると、数正は消え入りそうな声で答えた。

「……秀吉殿に、叩き出されました」

「はあ？」

「我々が官兵衛殿に書状を渡してからしばらく経ったのち、秀吉殿が直々にお会いしてご回答を下さるとのことで、我ら二人は大いに喜びました。ですが、着座するなり秀吉殿はいきなり我々を怒鳴りつけ、いますぐ帰れと言って持参した書状を目の前で破かれたのでござります」

「なんだと？　そ、それで、秀吉はなんと言ったのだ」

「『話し合いは終わりじゃ、徳川は身の程を知れ』と」

「な……」

絶句するしかなかった。どこをどうすればこんな意味不明な回答になるのか。

私は混乱し、真っ青になって数正に尋ねた。

「そ……それで、いままでお主らと話をしていた秀吉の周りの者はなんと？」

「ええ。我々もまったく心外だったので、秀吉殿が去ったあとで黒田官兵衛殿に詰め寄ったのです。これはどういうことかと」

「おお。それで黒田殿はなんと答えた」

「それが、『これが羽柴家の意志でござる』の一点張りで……」

「はあああ!?」

かくして、何ひとつ意味がわからない理由で、この和睦の交渉は決裂した。

八. 停戦　――羽柴秀吉と徳川家康の独白

一. 羽柴秀吉の独白

家康の奴め、いったい何を企んでいるのだ。

せっかくこちらが折れて和睦の手を差し伸べてやっているというのに、あの狸親父は言を左右にして、一向に話し合いの席に着こうともしない。なんという生意気な奴だろうか。七月初めにはじまった交渉は、早くも一か月が経とうとしていた。

「官兵衛、それで家康の奴は和睦について、なんと言ってきておる」

儂が尋ねると、官兵衛はどこか当てつけがましい口調で答えた。

「まったくもって話に応じる気配はございませぬな。こちらが色々と案を出しているのに、我々はただ信雄様をお支えし、逆賊を討つだけだという一点張りで」

その口調は、「だから和睦なんて持ち掛けるべきではなかったのです、いまからでも中止しましょう」とでも言いたげだ。

「クソッ！　これだから三河者は嫌いなんじゃ！」

大雨と洪水で疲弊した徳川家が、もはや戦いを続けられる状態ではないことを儂は知っている。それなのに、なぜ自分から和睦を蹴ろうとするのだ家康。

どう考えても正気の沙汰ではない。奴らは儂と和睦することを良しとせず、あくまでも最後まで意地を貫いて全員討ち死にする気なのだ。まさかそんな馬鹿なことをする者などいるわけがないと思うかもしれないが、その「まさか」を平気でやってくるのが三河武士である。

「なぜじゃ！　あちらだって本音では絶対に和睦を望んでいるはずなのに……」

家康の食えない顔を思い浮かべて、儂はその真意を推し量った。困惑しきった儂の顔を、官兵衛は腹立たしいほどの仏頂面で冷たく眺めている。

「相手が交渉に応じてこない以上、やはり戦で雌雄を決するしかござりませんな」

「うう……嫌じゃ……また負けるかもしれぬ……負けたらどうする……」

「秀吉様、心を強くお持ちくだされ。徳川もいまや内実は青息吐息。必ずや、あとひと押しすれば倒れます」

「じゃが……」

「物事には勝負所というのがござります。何卒もうひとふんばりを。ここで中途半端に手を引いては、すべてが水の泡になりますゆえ」

官兵衛は例によってしつこく出陣を催促してくるが、儂の脳裏には、あの本多忠勝がギロリと儂を睨んでくる姿が浮かんでいた。三万の敵軍を前に、たった五百の兵で平然と立ちはだかった、頭のおかしい男である。

もし、いまここで儂が家康にとどめを刺そうと最後の戦を挑めば、忠勝を筆頭に、気狂いの三河武者どもは揃って死を覚悟して、火の玉のごとく我が軍に突っ込んでくるのだ。少しはその標的にされる儂の身にもなってほしい。

「ならば、少しばかり兵を出して家康を揺さぶってみよう。儂が自ら出張って脅しをかけたら、さすがの家康も我に返って和睦する気になるかもしれぬ」

煮え切らない儂の言葉を、官兵衛は「仕方ありませんね」と言って渋々了解したが、不平不満がありありと顔に出ている。はぁと大きくため息を吐いて、何か別の策を考えはじめたようだ。


八月半ばの暑い盛り、儂は再び大坂を発って楽田城に入った。本丸の建物を見るなり、四か月前の無様な敗戦が記憶に蘇って吐き気がしてきた。

「信雄様の所領を切り取れ。ただし徳川との対決は避けよ」

儂がそう指示をすると、官兵衛は露骨に不服そうな顔をした。だが儂は不機嫌な顔で官兵衛を睨みつけて強引に黙らせた。

嫌々ながらの出陣ではあったが、揺さぶりの効果はあったらしい。儂が楽田城に入って戦闘を再開すると、途端に家康側が和睦の交渉に応じるようになった。

「ほれ見ろ官兵衛。ほんの少し戦う素振りを見せただけで、家康の奴もすぐに和睦に応じてきたではないか。これまで奴が突っ張ってきたのは、儂が本気ではないと高をくくって、足元を見ていたからじゃ」

「は」

「それで、家康はなんと言ってきた」

「臣従の証として、次男の於義伊《おぎい》殿を人質に差し出すとのことにござります」

「おお！　それはまことか！　ならば儂も文句はないぞ。しかし家康の奴も急にずいぶんと弱気になったものじゃな。これは何か裏があるのやもしれぬ。この話を持ってきたのは徳川家の誰じゃ。例によってあの、石川……某《なにがし》とかいう冴えない家老か」

「数正にござります」

「おお、そうじゃそうじゃ、石川数正じゃ。お主が申すにはこの数正という奴はかなりの知恵者らしいから、急に態度が変わったのも、裏で何か企んでおるのやもしれぬな。よし、次は儂が直々にこの石川勝正とやらに会って、本当のところを確かめてやろう」

するとと官兵衛は、こわばった表情でそれを止めた。

「なりませぬ秀吉様。相手が譲歩してきたところですぐに相手方の使者に軽々しくお会いなどされては、我々がその条件を喜んでいると思われ、足元を見られます」

「別によいではないか。家康の次男を人質に取れれば十分じゃろ」

「いえ。いま私は徳川家に対して、これでは人質が足りぬと、あえて強気すぎるほどの要求をしています。それなのに、ここで秀吉様が機嫌よく出てこられては、この強気はただの演技であると気づかれてしまいます」

「なるほど。それはまずいな」

「逆に、こちらが少し渋った顔をして粘れば、もう何人か追加で人質を取れるかもしれませぬ。それゆえ、いましばらく交渉を私にお預け下さりませ。いずれ家康殿からはきちんと書面の形で正式な提案がくるでしょうから、秀吉様にはその時に直々にお出まし頂ければ、双方の釣り合いも取れましょう」

「うむ。わかった。任せたぞ官兵衛」

　官兵衛の言い分ももっともだったので、儂は引き続き官兵衛に交渉を一任し、朗報を待った。ようやくこの恐怖の日々から解放されると思うと、心が沸き立つような開放感があった。

そして九月七日、ついに家康からの書面がやってきた。

官兵衛の報告によると、我々が突き付けた厳しい条件に対して、石川数正からは事前に、それなりに善処するという感触を得られているという。

楽田城の本丸から大手門のほうを眺めていると、使者の石川数正と酒井忠次が門をくぐって中に入ってくるのが見えた。しばらくののち、両名が客間に入り、官兵衛と面談をはじめたとの報が告げられる。

四半刻ほど過ぎたところで、官兵衛が儂のいる部屋に入ってきた。目の前に座って軽く会釈をすると、漆塗りの文箱を恭しく捧げて儂に差し出す。

「徳川様からの書状にござります。中身をお確かめ下さりませ」

「うむ」

儂は文箱を開け、家康からの文の封を切った。これでようやく心休まる日々がやってくるという、安堵と喜びがじわじわと心を満たしていく。

儂は書状を開くと、果たして家康がどんな条件を出してきたのか、期待に胸を躍らせながら素早く目を通した。

そして目を疑った。

「……なんじゃこれは⁉　何ひとつ譲る気のない、ふざけた回答をしおって！」

これまで、信長様亡きあとの織田家のあるべき姿を巡って争ってきたが、結論は出ぬまま戦は長引き、このままでは共倒れである。かくなる上はいったん最初の取り決めに立ち戻って、君臣の義を明らかにすることからはじめるべきであろう。

すなわち、これまでの遺恨はすべて水に流して羽柴家と織田家は和議を結び、この戦いで奪った城は、犬山も加賀野井も竹ヶ鼻も、すべて信雄様にお返しして戦の前の状態に戻すことこそが筋目である。

家康が書いて寄こしてきたのは、そういった内容だった。

いたって強気なこの提案は要するに、自分は戦に負けたわけではない、だから互いの立場は対等である、と言っているに等しい。

儂がいきなり血相を変えたので、官兵衛は意表を突かれたようなキョトンとした表情で、儂の顔をのぞき込んできた。

「……え？　徳川殿はいったいなんと？」

「見るか。あの狸親父、ちっとも譲る気はないようじゃぞ」

「なんですと！　そんな馬鹿なこと、あるわけが……」

儂に手渡された手紙を読むうちに、官兵衛の顔はどんどん険しくなっていき、冷静なこの男にしては珍しく、最後は額に青筋を立てて怒りはじめた。

「これは……なんということかッ！」

官兵衛が激怒するのも当然だろう。これまで官兵衛は、国の行く末を背負い、主君に代わって和睦の交渉を真剣にやってきたのだ。それなのにこんな突然梯子を外すような真似をされたら、官兵衛の面目も丸つぶれだ。

「私はこれまで、石川殿と膝を突き合わせて何度も話し合いをしてきました。かの御仁はたいへんな知恵者で、誠に手強い相手ではございますが、それでも信頼に値する方であると私は信じております。おそらくこれは石川殿の意志ではござりますまい。あの実直な方がこんな、突然の掌返しをしてくるとは思えませぬ」

「……ということは、家康が？」

「おそらく。事情はよくわかりませぬが、家康殿にはこの和睦の件について、何か気に食わぬことでもあったのでござりましょうか」

大名同士の交渉は、互いの信義が何よりも肝心だ。

相手が絶対に約定を守ると確信できない限り、おちおち和睦など結べたものではない。そして信義の第一歩は、前言を覆さないことだ。その時々で気まぐれに言うことがコロコロと変わるような人間ほど、信用できない者はいない。

「ぬうッ！　おのれ家康、儂を愚弄しおって！　もうよい。三河者と争うのは嫌だといままで戦を避けておったが、もともと儂らのほうが地力では圧倒しておるのじゃ。

かくなる上はひと息に捻り潰してくれよう！」

「はっ！　徳川殿の側に和睦をしようという意志がまったく見られない以上、私めもそれが得策かと存じます。それではご返事を」

そう言って官兵衛は部屋の入り口を指さした。儂は勢いのままに立ち上がり、石川数正と酒井忠次が待つ客間に向かった。

わざと足を乱暴に踏み鳴らし、怒りを表しながら客間に入り、どっかりと腰を下ろす。それを見た石川数正と酒井忠次が慌ててがばと平伏したので、儂は言ってやった。

「この書状はなんじゃ」

「は？」

「この書状の内容はなんじゃと聞いておるッ！」

「あ……あの、これは我が主君、徳川家康からのご提案にて……」

「帰れッ！　お主らと話すことなど何もないッ！」

途端に、石川数正の顔が真っ青になるのがわかった。官兵衛がこの冴えない男をやけに買いかぶっている理由がやっぱりよくわからない。同じ家老でも、その隣に座っている酒井忠次のほうがよっぽど肝も据わっていて堂々としている。儂の怒号にもひるまず、忠次は落ち着いた声で尋ねてきた。

「お待ち下さりませ。かようなまでにお怒りの仕儀、我らの書状の中身に、何かお気に障るような無礼があったものと推察いたしますが、せめて我々の何がまずかったのか、それをお教え頂けませぬでしょうか。さもなくば我ら、帰って家康に何も復命することができませせぬ」

いきなり儂に怒鳴られて、恐ろしくもあるし腹も立つだろうに、あくまで礼儀正しくその理由を問いただす忠次の態度は、どこか凄みすら感じさせるものだった。儂は一瞬だけ気を呑まれそうになったが、ここでひるんでは三河武士どもに舐められる。儂は虚勢を張るかのようにニヤリと笑い、わざと大声を出すことで自らの弱気を振り払った。

「さも己が戦に勝ったかのような傲慢なる物言い。徳川は身の程を知るがよい！　話し合いは終わりじゃ。次に会う時は戦場であるな！」

そうひと息で言い切ると、儂は家康の書状をびりびりに破り捨て、二人に向かって投げつけた。ちぎれた紙片が花吹雪のようにひらひらと舞う。

宣戦布告はこれで十分だ。儂は足早に客間をあとにした。去り際に、石川数正が亀のように身を固くして、呆然と畳を見つめながらぶるぶると無言で震えている姿がちらりと目に入った。

ん？　なぜこいつはこんな顔をしているのか？

その様子を見て、儂はほんの少しばかりの違和感を覚えた。

あの石川数正の表情は怒りか？　それとも悲しみ？

いや、どちらかというと困惑の表情だったようにも見えた。何か予想だにしていなかった事態を前に、頭が真っ白になって動けなくなっているような状態。

だが、あのような舐めた内容の書状を出してくるのだ、儂が怒り狂うことなど事前に予想できて当然ではないか。激怒する儂を見ていまさらのように困惑の表情を浮かべるなど、外交を司る者としてあまりにも考えがなさすぎる。

官兵衛がやたらと買いかぶって危険視しているこの石川数正という男に対して、儂は不快感しかなかった。


さて。

気は進まぬが、かくなる上は嫌でも家康と戦わねばならない。

儂は配下の諸将に、信雄様の所領である伊勢を激しく攻め立てるよう命じた。

「まずは伊勢を落として、尾張はそのあとじゃ」

儂はさも深謀遠慮があるかのようにそう指示を出したが、その本音は、徳川軍が陣取っている尾張に手出しをするのが怖いので、家康の本拠地から遠い伊勢でできるだけ勝ちを積み上げて、直接対決を極力あと回しにしたかっただけだ。

家康さえ相手にしなければ、我々も決して負けてはいないのだ。

信雄様との戦いなら我が軍はまず負けることはないし、東国での戦いでも、北条は我々の同盟者となった上杉家に睨まれて、とても徳川に援軍を出せるような状況ではない。能登では越中の佐々成政が徳川方について、我々の味方である前田利家の末森城に攻めかかったが、前田家の家臣の奮闘によりかろうじて撃退している。

とにかく家康の軍と当たらぬように、当たらぬように――

実に弱腰で腑抜けたやり方だったが、かといってそれ以外に自信をもってやれることもないので、我が軍はひたすらに伊勢を攻め立て、信雄様の所領をじわじわと切り取っていった。


そんな情けないことをしていたら、結末はまさかの形でやってきた。

「降伏したいだと?……なんだそれは?」

なんと、我々に負け続けた信雄様があっさりと音を上げて、命だけは助けてほしいと降伏を申し出てきたのである。儂は思わず、間の抜けたことを尋ねてしまった。

「……それは、ちゃんと家康と相談しているのか?」

二．徳川家康の独白

信雄様が、私に無断で秀吉に降伏してしまった。

その日以来、我が家中は連日怒号が飛び交う、荒くれ者のたまり場と化している。

「ふざけるな！　かくなる上は徳川だけでも最後まで戦い抜くまでよ！」

「信雄様は腑抜けじゃ。やはりあの方と組んだのがそもそもの間違いじゃった」

「全員、死ぬ気でいくぞ！　秀吉なぞに負けてたまるか！」

殺気立った大荒れの軍議をぼんやりと眺めながら、私は「終わったな」と、静かに幕引きに向けた考えをまとめはじめていた。


そもそも、限界をとうに超えていた戦いだった。

洪水からの復旧のため少しでも人手が欲しいところに、貴重な働き手を兵に取られ、容赦なく兵糧を徴発される。百姓どもは疲弊し、三河からは連日、一揆が止まりませぬという悲鳴のような報告が飛んでくる。

そんな時に突如飛び込んできた、信雄様降伏の報。対等な講和だと信雄様は言い張るが、誰がどう見てもこんなものは降伏でしかない。総大将が負けを認めたのに、力を貸した同盟者にすぎない私が戦い続けたら、それはただの私利私欲のための戦いになってしまう。なんだ、結局は家康も秀吉と同じ穴の狢なのかと世間は興ざめするだろう。

この先、本気で天下を獲ろうと考えるのなら、そんな悪評を得てまで勝てもしない限界の戦いを続ける理由はひとつもなかった。

では、かといってここで戦を止めたら、数年後に再び勝ち目が生まれるのか？

否、その可能性も限りなく薄い。

織田家が屈服して羽柴家に降ったことで、ただでさえ大きかった羽柴家と徳川家の実力差は絶望的なまでに広がった。秀吉は賢い奴だから、この勝利に決して慢心することなく、和睦している間に両家の力の差をどんどん広げて羽柴家の天下を盤石なものに固めてくるだろう。

こんな八方ふさがりの状況で、いったい何ができるというのか。

何も妙案が思い浮かばず悶々と考え込んでいるうちに、家臣たちのやかましい怒鳴り声がどうにも耳障りになってきて、私は耐えきれずに一喝した。

「静まれぃ！　このたわけ者どもが！」

ただ荒ぶるだけの馬鹿共を、とりあえずは黙らせる。

それから、場をしばらく無言で睨みつけて家臣どもを鎮めたあと、私はことさら重々しい口調を作って家臣たちに告げた。

「信雄様に勝手なことをされ、これまでの戦いを無駄にされたお主らの無念、実にもっともなことである。かくいう私も悔しくてたまらぬ」

石川数正などの数少ない例外を除いて、家臣たちは皆戦う気――というよりは死ぬ気満々だ。

死を決意した彼らの目には悲壮感はひとつもなく、まるで猟場に連れていかれた猟犬のように、「やります」とうずうずした目で一斉に訴えてくる。それに冷や水を浴びせるのは実に気が重く、私は思わず目を伏せた。

「だが、信雄様が戦を止めるとお決めになられた以上、もはやこの戦に大義はない。いま秀吉を討たんと戦いを挑めば、天下の蒼生達は、徳川が己の私欲のために無用の戦を続けていると見るであろう」

私の言葉に本多忠勝が反論しようと声を上げかけたが、私はキッと睨みつけてそれを制する。

「長引く戦で我が所領は荒れ果て、領民たちは苦しんでおる。それに目を背け、これ以上の戦を続けることは天命にも反する行いじゃ。無念だがここは手を引く」

私がそう断言しても、家臣たちが収まる気配はない。

徳川家は秀吉めに一度たりとも後れを取ったことはないのに、なぜ負けたことになるのか、どうしても決着をつけねば三河武士の意地が立たぬと口々に訴え、その声には次第に悔し泣きの声が混ざりはじめた。

「お主らの苦衷のほど、よくわかった。これからも皆の忠勤を期待しておるぞ」

家臣たちの圧に耐えかねた私は、そうとだけ言い残して奥に引っ込んだ。

奥の間に引っ込んで、後ろの襖が閉じられて一人になった瞬間、思わず深い深いため息がふうと漏れ、がっくりと肩が落ちた。

私も、ここまでか――

かくして、この忌々しい小牧・長久手の戦いは終わった。

この戦いで私は勝利したが、私は敗北した。


信雄様は秀吉に降伏するにあたり、頼むから殺さないでくれと無様な命乞いをして、言われるがままに人質を差し出した。総大将がそのように振る舞った以上、その下で戦った私も、当然ながら人質を出すのが筋だ。だが、この点に関して秀吉はやけに寛容だった。

「秀吉殿は、於義伊様をご自分の養子として迎え入れたいとのご意向でございます」

「養子?」

「ええ。これこそが、此度の小牧・長久手の戦が決して無駄ではなかったことの何よりの証でござりましょう」

そう言ってきた石川数正の表情は喜びに満ちている。

「あの戦で秀吉殿は徳川の力を痛感し、決して我々とは戦いたくないと思っておられるのです。だからこそ、於義伊様を人質としてではなく、家族の一員として迎え入れようと譲歩してこられたのでしょう。これを機にどんどん縁組の話をまとめて、両家の紐帯を固めていけば徳川家は安泰でござります」

「ふむ……」

自分の息子を秀吉に差し出すのだから、どちらにせよ人質には変わりないのだが、養子という形であれば、徳川が羽柴に屈服したという世間の印象はだいぶ薄まる。

「きっと秀吉殿も我々の顔を立てて、和睦を受け入れやすいようにと考えて下さっているのでしょうな」

数正はそうやって好意的に解釈しているが、基本的に秀吉を信用していない私にはどうにも納得しがたいところがあった。だいたい、本当に秀吉が我々と戦うのを恐れて仲間に引き込みたがっているのなら、この前の和睦交渉でこちらの提案を破り捨てて怒鳴りつけたりなどするだろうか。

「もはや戦いの大義名分もなく、戦う余力もござりません。それゆえ、いまはひとまず秀吉殿の傘下に入り、力を蓄えるべきです。秀吉殿には子がおられぬうえに、秀吉殿の御歳はもう五十。いまでこそ羽柴家は盤石のように見えますが、この先五年後、十年後に秀吉殿と羽柴家がどうなっておるかなど、誰にもわかりませぬ。いまはひとまず服従の姿勢を示し、秀吉殿に取り入って時を待つのが得策かと」

「まあ、その道しか残っておらぬからな」

だいたい、五年後、十年後まで私が秀吉に殺されずに生きていられるかどうかも怪しいものだ。それでも私は当面の己の命をつなぐため、於義伊を秀吉の養子に差し出すことを受け入れた。

「これで満足か、数正」

私が吐き捨てるように言うと、数正は満面の笑みを浮かべて、

「ええ。殿のご英断のおかげで、この先百年の徳川家の安泰が保たれました」

と答えた。

あまりにもその様子が嬉しそうだったので、私の心の中に初めて、ほんのわずかだけ「実は数正は秀吉に内通しているのではないか」という疑念が浮かんだ。

だが、私はすぐさまその考えを強引に打ち消した。

何を馬鹿なことを考えているのか。数正は昔から度が過ぎるほどに実直な男ではないか。徳川家にとって何が一番よい道であるかを、数正は常に考えている。今回の養子縁組だって、いまの徳川家にとっては上出来すぎるほどの条件であろう。

私は即座にそう思い直して、白無垢にぽつんと小さくついた墨のシミのような疑念を必死で振り払う。

「最善を尽くして戦ってはみたものの、結局は秀吉の天下のもとでくだらぬ生をつなぐだけの、一番つまらぬ結果に終わったな……」

一時は自分が信長様の跡を継いで、天下に号令をかける寸前まで手が伸びた。

その景色を一度でも見てしまうと、甲信駿遠三の五か国を支配する大大名という現在のそれなりに恵まれた状況も、途端にくすんでしまい悔しさしか残らない。

浜松に帰って約半月、私は鬱々として楽しまぬ日々を送っていた。

秀吉は先日さらに昇進を遂げ、朝廷から従三位権大納言の位を授かったという。あの百姓あがりが、ついに公卿にまでなってしまった。彼我の差はますます広がっていくが、それを前にして私は何もできない。

そんなある日、私のもとに珍客が訪れた。

その客とは、越中を支配する佐々成政殿だ。彼は私の呼びかけにいち早く応じて、北陸から秀吉軍の背後を脅かしてくれた貴重な同盟者である。ただ、成政殿もわずかに力及ばず、前田利家殿の配下が頑強に守る能登の末森城に進撃を阻まれ、秀吉の心胆を寒からしめるまでには至らなかった。

越中から浜松まで来るには、北陸道でいったん京に出てから東海道を進むのが普通だが、京は秀吉に押さえられていて通り抜けることは難しい。どうやってここにたどり着いたのかと尋ねたら、成政殿は、

「家康殿にひと言物申したくて、冬の立山を越えてきた」

と言うではないか。

なんと、成政殿はわずかな供回りだけを連れて、この極寒の季節に飛騨と木曽の険しい山々を踏み越えてここまで来たのだという。よく見れば成政殿の鼻の頭と頬は赤く染まっていて、後ろに控えた家臣たちも同じだ。雪の山中を歩き回るうちにひどい霜焼けにかかり、何本か指を失った者もいるらしい。

「なぜ戦をやめたのだ家康殿。秀吉は信長様の深きご恩を忘れた逆賊じゃ。ここで刀を納めては、奴の増長に歯止めが利かなくなってしまうぞ」

成政殿はかつて、信長様のもとで黒母衣衆（注8）の筆頭を務めた優秀な武人である。その言葉には一切の無駄がなく、そして義憤に満ちている。私は答えた。

「当の信雄様がそれでよいと申されておるのだ。それなのに、外の人間がおかしいと口を挟むのは僭越なことであろうよ」

「そんなことはない！　秀吉は織田家を支える宿老でありながら、信長様のご子息をないがしろにし、あまつさえ刃を向けたのだぞ。そんな叛逆者の秀吉を主君に代わっ

て討ち、討った暁には再び信雄様と三法師様に天下をお返しする。十分に立派な、武人の鑑とも言える振る舞いではないか」

成政殿はそう言って私に詰め寄り、決して退く気配はない。

鍛えのよい名刀のような、凄みのあるその表情を見た私は、この忠誠心の塊のごとき男に対しては、自分もきちんと本音を語らねば失礼だと思った。

「成政殿。ここから先は二人だけで話がしたい。いかがですかな、茶を一服でも」

「うむ。ご配慮痛み入る」

私の表情を見て、成政殿は満足げに頭を下げた。


私も成政殿も刀を外し、腰をかがめてにじり口をくぐり、二人だけで茶室に入る。湯が沸いて茶を点てるまでの間はずっと無言のまま、手を動かしつつ、さて何から話そうかと頭を整理した。

茶を一服し、「よいお手前で」と軽く挨拶を交わしたあと、私は言った。

「のう成政殿。貴殿も信雄様のことはよくご存じであろう」

「無論。幼少の頃よりよく存じ上げておる」

「先ほど貴殿は、主君に代わって秀吉を討ち、信雄様に天下をお返しせよと申された。だが、ここだけの話、私は信雄様と共に戦ってみて、あのお方にほとほと嫌気が差してしまったのじゃ」

「む……」

古くから織田家に仕える成政殿も、信雄様の資質が凡庸であることはよく知っている。それだけに、私の言葉に対して口をつぐみ、反論はしなかった。

「信長様の資質を受け継いだ、英明な信忠様が生き残っていれば話は違っていたかもしれぬ。だが、お二人が揃って横死し、信雄様とまだ幼い三法師様だけが遺された織田家ではもう駄目じゃ。いまの織田家は、もはや天下をお返しするに値しない。それが嘘偽りのない私の思いである。不忠であると罵られるようであれば、甘んじて受けよう」

きっぱりとそう言い切った私の顔を、成政殿は沈痛な面持ちでじっと見つめ、長いこと黙りこくっていた。この男は、秀吉と戦うことを私に勧めるためにわざわざ命がけで冬の立山を越えてきたのだ。それなのに、私にこうもあっさりと提案を拒絶されてしまったつらさは容易に想像がつく。

無限に続くかと思われた重苦しい沈黙のあと、成政殿が絞り出すように言った。

「……儂は、秀吉の天下が気に食わぬのじゃ」

「……」

「信長様の天下は、心が躍った。このお方の下で、このお方の考える天下を実現するためなら、何度でも命を張ろうと思った」

それは私も同感だ。成政殿は悔しそうに言葉を継いだ。

「信長様と我々が何度も何度も死にそうな思いをして、あと少しというところまで作り上げた天下だったのじゃ。この天下は信長様と我々のものじゃ。それなのに、それをあんな猿めに……」

そこまで言うと、成政殿は嗚咽を漏らし、肩を揺らして男泣きをはじめた。

成政殿の無念は、私にも痛いほどわかる。だが、その思いを勝手に私に預けられても困る。

私だって最初は、信長様の遺児たちを盛り立てることこそが信長様への恩返しだと思っていたが、いまは違う。現在の私は成政殿にしてみたら、秀吉と大して変わらない同じ穴の貉だろう。そのことをごまかさずにきちんと伝えることが、越中から命がけで来てくれた成政殿に対して、私が返すことができる最大の誠意だと思った。

「秀吉の天下が気に食わぬことは私も同感じゃ。だが、かといっていまの私は正直なところ、たとえ秀吉に勝てたとしても、織田家に天下をお返しするつもりはない。申し訳ないが貴殿の想いに答えることはできぬ」

「……」

「秀吉も私も、所詮は私利私欲のため、己の命を守るために動いておる。成政殿も、まずはご自分のお命と家臣の暮らしを一番にお考えなされよ」

成政殿は私の偽らざる本音を聞いて、半分がっかりしたような、だが半分はつらい現実を受け止めて呑み込んだような表情を浮かべ、鼻をすすりながら無言で何度か頷いた。おそらく、こうして二人きりで会話をして思いきり涙を流しているうちに成政殿の中で何かが吹っ切れたのだろう。

「うむ。命を賭してでも立山を越えて、貴殿にお会いしてやはり正解であった。いまの言葉を聞いて、儂も腹が決まった。儂の愛した織田家は終わったのだな。儂もここから先は、己が生き延びる道だけを考えることにしよう。実にくだらぬ世になったものじゃ」

「ええ。くだらぬ世になりました」

「くだらぬ世になったが、それでも生きねばならぬ。家康殿、これからはあの秀吉の猿めに殺されぬよう、互いに気をつけようではないか」

「はい。成政殿も御武運を」

「ああ。秀吉殿も貴殿も、所詮は信長様の恩を忘れ、己の私利私欲のために天下を手の内に収めようとする憎き裏切り者じゃ。だが――」

そこで成政殿は、憑き物が落ちたような穏やかな笑みを浮かべて言った。

「どうせ従うなら、秀吉なんかよりも、お主の天下のほうがよっぽどましじゃ」

九．包囲網崩壊　――羽柴秀吉と徳川家康の独白

一．羽柴秀吉の独白

「まったく……命が惜しいのならば、最初から儂に楯突かなければよかったのじゃ」

降伏してきた信雄様について儂が愚痴ると、官兵衛は憤懣やるかたない様子で、そうですなと頷いた。

「正月に三井寺で話をした時の威勢のよさは、いったいどこに行ってしまったのか。万事において中途半端な覚悟で生きているから、こういうことになる」

儂はふぅとため息を吐いたが、その心情は信雄様への軽蔑が半分と、正直なところ安堵が半分だった。

信雄様が儂の軍門に降るということは、すなわち織田・徳川連合軍の敗北ということになる。儂は一度も家康には勝っていない――むしろ負けてしかいないのだが、織

田・徳川連合軍には勝ったのである。なんともすっきりしない結末だ。

「ええ。本当に、覚悟の足らぬ総大将というのは手に負えませぬ」

官兵衛が忌々しそうにつぶやいた。

信雄様からの降伏の使者が来た時からずっと、官兵衛はこの勝利を喜ぶどころか、苦虫を噛み潰したような顔を隠そうともしなかった。官兵衛はこれを機に家康を亡き者にしてやろうと息巻いていたから、こんな馬鹿々々しい成り行きで戦が中途半端に終わってしまったことに怒りを禁じえないのだろう。

儂は、どうしても上機嫌になってしまう声を必死で抑えながら言った。

「いずれにせよ、これで名実ともに儂の下剋上は成った。織田家は儂の前に膝を屈し、羽柴家の傘下のいち大名に納まった。儂のことを謀反人と罵る者もおるだろうが、そもそも信長様だって、足利将軍を京から追放して畿内の主になったのじゃ。気にすることはない。この結果で良しとしようではないか官兵衛」

官兵衛が恨めしそうな顔で儂を見つめながら言った。

「……まあ、頭を垂れて赦しを乞うてきた相手を斬るわけにもいきませぬゆえ、これで良しとするほかありませぬな。別の手を考えます」

その声はちっとも納得していないし、諦めてもいない。官兵衛の冷たい目がギラリと光り、儂の背中に思わず悪寒が走った。

「それで、徳川への仕置きのことなのじゃが――」

儂は、官兵衛の顔色を窺いながら、恐る恐る口を開いた。

「於義伊を、儂の養子に迎え入れるというのはどうじゃ？」

信雄様を下し、戦いの決着がついた時点で、儂はもう家康と戦う気は完全に失せている。それでこんな案を出してはみたものの、官兵衛は絶対に駄目と言うはずだと半分諦めていた。

ところが、予想に反して官兵衛はあっさりと儂の案に同意した。

「よろしいのではないでしょうか」

「は？　よいのか？　儂はてっきりお主のことだからまた、家康を殺せ、徳川との縁組など論外だと言い張るのだろうと思っておったわ」

するど官兵衛は、ぞっとするような無表情で儂の問いに答えた。

「ええ。私はまだ、家康殿を殺すべきという旗は下げておりませぬ。されど和睦はもう避けられぬ状況であり、しかも徳川相手にここまで負け癖がついてしまっては、もはや戦で確実に勝つことも難しい。それゆえ、別の手でいきます」

別の手――その響きからはもう、嫌な予感しかしない。

「此度の戦が上手くいかなかったのは、ひとえに四国の長宗我部、雑賀・根来衆に越中の佐々成政といった連中が、家康殿と手を組んで我々の背後を脅かしたからに他なりませぬ。それゆえ、この和睦の間にそれらの連中を根絶やしにします。そうして枝葉を刈り取ったあとで、あれこれ難癖をつけて家康殿を怒らせて戦に持ち込めば、今度こそは確実に家康殿を亡き者にできましょう」

「官兵衛、お主……」

　やはり、黒田官兵衛の奴には、人として大切な何かが欠けている。

「そうと考えれば、いまはとにかく家康殿の顔を立て、秀吉様は信雄様の降伏を機に考えを改め、徳川とは宥和する方向に舵を切ったのだと勘違いさせておいたほうが得策でございます。そのほうが、あとで我々にあっさりと掌を返され、難癖をつけられた時の怒りも倍加いたしますからな」

「な……」

「それで激怒した家康殿が短慮に走り、秀吉様に刃を向けたその時こそ、かの御方が首となって秀吉様の面前に運ばれてくる時にございます」

　官兵衛は常に、羽柴家と儂が生き残るために最善の手を考えてくれている。だが、その手は時にとても汚く、儂の心をげんなりとさせる。

「そこまでせねばならぬのか、官兵衛」

「はい。家康殿にはなんとしても、油断をして頂かねばなりませぬ。それゆえ、於義伊殿を養子に迎え入れるというのは、実によい策にございます」

そう言い切る官兵衛の表情に、一切の迷いはなかった。

かくして、この忌々しい小牧・長久手の戦いは終わった。

この戦いで儂は敗北したが、儂は勝利した。

尾張・伊賀・伊勢の百万石を誇っていた信雄殿の所領は、尾張・北伊勢の五郡に削られる代わりに、羽柴家傘下のいち大名として今後も存続を許されることになった。

服従の証として、信雄殿は叔父の織田長益《ながます》殿の実子と、家老たちの実子や母親を人質に出し、誓紙を差し出した。

小牧・長久手の戦いと並行して進めていた朝廷工作も順調に進み、儂は十一月に従三位権大納言に叙任された。この時に、征夷大将軍も兼任してはどうかとまで言われたのだが、こんなところで焦ってボロを出しても仕方がない。

朝廷の高い位を受けるには、それなりの血筋が必要だ。関白や太政大臣は藤原家、征夷大将軍は源氏の血を引く者が就任するというのが建前だが、田舎百姓の息子にすぎない儂に藤原も源氏もくそもあったものではない。

だから、ここは由緒正しい高貴な家の猶子になるとか、そういった形だけの手続きを踏む必要がある。それをやるだけの金も力も、儂には十分すぎるほどある。

翌、天正十三年（一五八五年）二月、信雄殿が儂の住む大坂城を訪れた。

大坂城は縄張りの開始から二年かけて、ようやく本丸が完成するところだ。これから二の丸、三の丸と少しずつ城郭を広げていくが、それらが全部終わり、前代未聞の巨大城郭が完成するのは十年以上先のことになるだろう。

信長様は己の勢威を見せつけるために、絢爛豪華な安土城の天主を作った。儂もそのやり方に倣って、大坂城の本丸が完成すると、まずはその敷地に贅を尽くした御殿を築いた。儂は、千畳敷と称したその御殿の大広間で信雄殿を謁見した。

一段高くなった席に儂が座り、信雄殿はそこからずっと離れた下座につく。かつて三井寺で会談した際には傲岸な態度で儂を罵倒した信雄殿が、蛙のように這いつくばって言上する。

「織田信雄、まかり越してござります。権大納言様におかれましては、誠にご機嫌うるわしゅう」

声が震えている。生来こらえ性のない男だ。かつては自分の父のもとで使い走りのような仕事をしていた百姓あがりの儂に、こうして頭を下げねばならないことは屈辱以外の何ものでもないはずだ。

だが、それも自業自得。

儂はこの人生で、信雄殿の比ではないほどの屈辱を何度も味わい、すべてを辛抱して賢明に振る舞った結果、この地位まで登り詰めたのだ。片や父親の威光を笠に着て、感情の赴くままに勝手好き放題に振る舞ってきた信雄殿がこういう末路をたどるのも当然の理であろう。

「うむ。よくぞ参った信雄殿。せっかくだから、この大坂の町をゆるりと見物してゆくがよい。その殊勝なる態度、実にあっぱれじゃ。よって織田家の当主は、今後も三法師ではなく貴殿に任せるとしよう」

清洲の会合の時には天下の行く末を左右するほどの大問題だった織田家の跡目問題も、いまとなってはただの小大名のつまらぬお家騒動に過ぎない。儂の鶴のひと声であっさりと決着がついた。

あの時に儂と並んで織田家の宿老だった柴田勝家殿、池田恒興殿は戦死し、丹羽長秀殿も病床にあってもう長くはない。滝川一益殿は儂の配下の冴えない一家臣として、細々と余禄を食むだけの人生だ。

「権大納言様のありがたき思し召し、この信雄、心より御礼申し上げます」

信雄殿がさらに額を畳に擦りつけ、平べったくなって礼を述べる。

「ははは。儂にますます忠勤を励んでくれれば、それでよい。過去の遺恨はすべて水に流そうではないか。それと信雄殿。儂はいまでこそ権大納言だが、じきにそうではなくなる」

「え？」

「来月にはさらに位が上がり、正二位内大臣になることが決まっておる。もう朝廷から内示は来ておるし、明かしてもよかろう」

「なんと。それはそれは、心よりお慶び申し上げます」

「うむ。それで、儂が受けていた正三位権大納言の席が空く。そこでどうじゃ、儂が朝廷に推挙して、貴殿を正三位権大納言の位につけてやってもよいぞ」

「ははーっ。この織田信雄、望外の幸せに存じます」

そう言って大仰に喜んでみせる信雄殿の振る舞いを見ながら、儂は満足感よりも先に、人とはどこまでも浅ましいものであるなという虚しさのほうを強く感じていた。

二．徳川家康の独白

小牧・長久手の戦が終わってからというもの、石川数正はまるで水を得た魚のようだった。乱世の次に来るべき羽柴の世に向けて、生き生きと次の布石を打っている。羽柴家に頻繁に出入りしては家臣たちと懇意になり、様々な情報を集めてきた。

「秀勝殿の病は、医者も匙を投げたとのことにござります」

「そうか。となると、ひょっとすれば於義伊が秀吉の跡を継ぐ可能性も、まったくないわけではないのだな」

「ええ。本命はもちろん甥の秀次殿ですが、秀次殿はあの長久手で我々に惨敗したこともあって、その資質を危ぶむ声も強いようですので」

信長様の四男で秀吉の養子になっていた秀勝殿は、加賀野井城攻めのあとに突如病に倒れ、重篤な状態になっていた。まだ十八の若さである。

「これで、殿の姫君のどなたかを秀次殿に輿入れできれば盤石にござりますな」

「ふん。秀次殿の正室はもう決まっておるわ。池田恒興殿がまだ生きていた頃に、秀次殿に池田殿の娘を娶らせるという約束をしていたそうではないか」

数正があまりにも執拗に私と秀吉の関係を強めようとしたがるので、私は辟易した。

かくなる上はもう、個人的な嫌悪感や過去の遺恨は忘れて、頭を切り替えて秀吉との親善に舵を切るべきであることはわかっているのだが、頭では理解していてもまだ気持ちのふんぎりがついていない。

信雄様と私が秀吉に膝を屈したことで、この国に秀吉に対抗しうる勢力はいなくなった。もちろんまだ関東には北条、九州には島津《しまづ》といった大勢力が残ってはいるが、単独ではとても秀吉に太刀打ちはできないし、遠く離れて面識もない彼らを束ね、手を取って共に戦わせるような求心力はもはや、この国のどこにも存在しない。

そんな中、秀吉は満を持して、天下統一に向けて己の敵を着々とひとつずつ排除していった。

三月には紀州に攻め込んで雑賀衆を壊滅させ、雑賀党の首領、雑賀孫一《まごいち》を殺害した。

六月には十万の兵を四国に送り込み、長宗我部元親を圧倒的な兵力で屈服させた。

降伏した長宗我部家はかろうじて土佐一国を安堵されたが、もはや反秀吉に立ちあがる気骨は完全に失われた。

かつて共に秀吉と戦った者たちが、次々と各個撃破されていく。その姿を見るのは心が痛んだが、かといって私は別に雑賀衆や長宗我部の主人でも縁戚でもないので、秀吉の戦いに文句をつける謂れもない。

さらに秀吉は天正十三年（一五八五年）七月、朝廷内の紛争にうまく介入して、この国の人臣の最高位である関白の座をまんまと手に入れる。

尾張の名もなき百姓の子が、前関白の近衛前久《このえさきひさ》の猶子となって藤原姓を名乗り、ついにこの国の頂点に立ったのだ。小牧・長久手の時はまだかろうじて手に届くところにいた秀吉が、あっという間に私に大差をつけ、雲の向こうに消えてしまった。

乱世が、急速に手じまいをはじめていた。

そして八月、秀吉はとうとう越中の佐々成政殿の討伐を開始する。

いつか来るものと覚悟はしていたが、ついにその時が来たかと暗澹たる気持ちになる。その報が届いた時に私は、凄みのある名刀を思わせる成政殿の精悍な顔つきを思い浮かべ、くれぐれも意地を張りすぎず、命を粗末になさらぬようにと北の空を眺めながら成政殿の無事を祈ったものだ。

だが、成政殿の受難は、私にもまったくもって他人事ではなかった。

成政殿を討伐するにあたり、それまで慇懃だった秀吉がいきなり掌を返し、なんと、改めて追加の人質を差し出すよう高圧的に命じてきたからである。

「やはり、信雄様が降伏しても我々だけで戦って死ぬべきだったのじゃ！」

軍議の席上、本多忠勝がそう言って気炎を吐く。

その野獣のような猛々しい視線の先には石川数正がいる。はっきりと名前は出さないが、誰に向けて言っているのかは一目瞭然だ。

「秀吉の猿め、我々を騙して刀を納めさせ、その隙に長宗我部や雑賀を片付けたうえで、まんまと我々の首を取りにきたわ。ここで人質を出してその場をしのいだところで、どうせ秀吉の無理難題は止まらぬ。次はきっと、片田舎のさびれた土地に移れなどと言ってくるに違いあるまい！」

後方に控える家臣たちから一斉に「そうだそうだ」という同調の野次が飛ぶ。その声にあと押しされるように、忠勝がこの世の正義をすべて背負ったかのような態度で吼えた。

「このまま秀吉に膝を屈していては、どんどん押し込まれて不利になるだけじゃ。秀吉の奴は儂ら三河武士を怖れるがあまり、殿を亡き者にしようとしておる。おとなしく服従したところで、いずれ根も葉もない言いがかりをつけられて殺されるに決まっておる。どうせ殺されるのならば、やはり戦って死ぬべきであろうぞ！」

　忠勝の檄に応えて、「おおお」という地鳴りのような家臣たちの鬨の声が上がる。

こうなってしまうともう我が家は止まらない。

「静まれ！　静まれ！　何を勝手にお主らで決めておる、たわけ者どもが！　秀吉と戦うかどうかを決めるのは私じゃ！」

　私は立ち上がって何度も怒鳴りつけたが、それでもなかなか家臣たちは黙ろうとはしなかった。

　私はふと恐ろしくなって、横に控えた石川数正の顔をちらりと見た。

　数正はげっそりとすべてに疲れ果てたような顔をして、義憤に燃える家臣たちをぼんやりと眺めている。その目は虚ろで、おそらく像を結んでいない。憔悴しきった表情からは、信じていた秀吉に裏切られた絶望と、己が一貫して主張し続けてきた戦略が間違っていて、徳川家を危機に晒してしまったという自責の念がありありと見て取れた。

私は最初、数正にも何か発言をさせようと思ったが、この顔を見てやめた。そんなことをしたところで、どうせ罵声と怒号にかき消されるだけであり、数正をいたずらに消耗させ、家中の雰囲気を無駄にギスギスさせるだけだ。


私は軍議のあと、石川数正を私室に呼んで、二人だけで話をすることにした。

「……今日の軍議、お主はどう思った」

「聞かずとも、よくおわかりでしょう」

「まあ、そうであるな」

そのまま、言葉が続かない。しばらく二人して無言で考え込んでいたら、数正が静かな声で尋ねてきた。

「それで、殿はどうされるおつもりですか？」

「ん……決めかねておる」

正直にそう言うと、数正はフッといじけたような苦笑を漏らした。

「そうですか。私はてっきり、家臣たちと共に死なれるおつもりかと」

「ああ。惨めに首を刎ねられるのを待つくらいなら、戦えるいまのうちに戦って死んだほうが、よっぽどましであろうな」

「それなのに、なぜ決めかねて？」

そう問われた私は、そこで自分の心の矛盾に気づいた。

秀吉の真意が明らかになったいま、このまま秀吉への服従を続けることにはなんの意味もない。それがわかりきっているのに、なぜ私はその場で秀吉への戦いを決意せず、だらだらと結論を先延ばしにしているのか。

どうやら、何かが私の心に引っかかっているらしかった。その「何か」の正体をしばらく考えたあと、私はふと頭に浮かんできたことを口に出した。

「まぁ、死んだら終わりではないか、という思いがあるのじゃろうな、私の中に」

「死んだら終わり？」

「ああ。家臣どもの言うとおり、私は秀吉と戦っても、秀吉に尻尾を振っても死ぬのだ。ならば戦って死ぬほうがよっぽど気は晴れる。晴れるが――」

「……何か？」

「――ただ、尻尾を振ることで時は稼げる」

「……」

私のその言葉を聞いた数正は、口元に拳を当てて何かを考えている。

「時が経てば、物事がどう転ぶかは誰にもわからぬ。本能寺の変だって、起こるまでは誰一人あんなことになるとは思ってもいなかったのだ。そういう、起こるかどうかもわからぬ、わずかな奇跡を期待して時を稼ぐという道も、ないわけではない」

「……」

「ま、この先、流行り病で秀吉めがコロリと死んでしまうなんてことも、あるやもしれぬわけだしな。それなのに最初から死ぬと決めつけて、わざわざ自分からそれを早めることもないだろうと——おそらくそれが、私が決断をためらっておる理由じゃろうな。武人としては失格だが」

私がしゃべっている間、数正はずっと考え込んだまま黙りこくっていたが、最後に、

「……いえ、天下を治める方にふさわしい、ご立派な御覚悟にござります」

とだけ呻くようにつぶやいた。

「厭離穢土、欣求浄土などという偉そうな旗印を掲げておきながら、当の本人がかくも醜く現世にしがみついておる。滑稽なことじゃ」

「……いえ、そんなことは」

私の自嘲的な言葉を、数正は必死に否定しようとした。だが上手い言葉が浮かんでこなかったのか、そのまま言葉を呑み込んで黙りこくってしまった。

二人とも長いこと何も口に出せず、ただ時だけが静かに過ぎていった。

その翌日、まだ夜が明ける少し前のこと。

誰も予想だにしていなかった前代未聞の変事は起こった。

ぐっすりと眠っていた私は、大慌てで寝所に飛び込んできた小姓の叫び声で叩き起こされた。

「申し上げます！　石川数正様、ご出奔！」

「……ああ？　なんじゃ朝から騒々しい」

「石川数正様が、ご家族郎党を連れて昨晩のうちに国を離れ、羽柴秀吉殿のもとに向かわれたとのことです！」

「……はあ？」

何を言っているのかとっさに意味が掴めず、ぼんやりと布団から体を起こした私に、小姓が泣きそうな顔になってくり返す。

「石川数正殿、ご出奔にございますッ！」

「……何を言っておるか。そんな馬鹿なことがあるわけなかろう」

思わずそう言って小姓を軽く叱りつけたが、その後次々と飛び込んできた続報は、間違いなく数正が、私を捨てて秀吉のもとに奔《はし》ったことを告げていた。

「やはりあの奸物、秀吉めにつながっておったわ！」

「こんなことなら、もっと早くに斬り捨てておくべきだったわ！」

ざわつく家中は、誰もが霧が晴れたかのようなスッキリした表情を浮かべている。

いままでは二番家老ということもあって多少の遠慮があった数正への悪口雑言が、堰を切ったように溢れてきた。

皆が喜々として、胸を張って口汚い言葉で数正を弾劾する。数正を手ひどくこき下ろせばこき下ろすほど、家中の結束は純度を増し、三河武士たちは巨大なひとつの火の玉と化していく。あとは敵にぶつかって華々しく散るだけだ。

本多忠勝が、満面の笑みを浮かべながら私のもとに歩み寄ってきた。

「さあ殿、これで獅子身中の虫は去りました。我ら三河武士一同、家康様と共に死ぬ覚悟はとうにできております。いますぐ出陣の下知をくださりませ。必ずや秀吉の猿めにひと泡を吹かせ、その素っ首を引っこ抜いてみせましょうぞ！」

私はもはや、その意気揚々とした得意げな表情が耐えられなかった。

この世の正義を、すべて自分一人で背負ったような顔をしやがって。

「この、クソたわけがぁッ！」

思わず、忠勝を怒鳴りつけていた。それまで陽気に気勢を上げていた家臣連中も、私の予想外の怒号に思わず凍りついて、一斉にこちらを振り向く。

「いま戦って、まともな戦になるわけがあるかッ！　戦って死ぬにしても、本気で秀吉の命を取るつもりでやらねばただの犬死じゃ！　お主らは犬死にしたいんか⁉」

だが、私の怒号にも忠勝は一切ひるまない。私と同じくらいの大声で、すかさず怒鳴り返してきた。

「犬死などせん！　たとえ最後の一兵となっても、秀吉に向かって槍を突き立てて死ぬまでじゃ。殿まで臆病風に吹かれたか！」

駄目だ。こいつらは例によって、状況の深刻さを何もわかっちゃいない。

「そういう、勝算も何もなく馬鹿のように突っ込んでいくのを犬死と言うんじゃ！」

まったく腑に落ちていない家臣たちに、私は苛立ちを露わにしながら説明した。

「よいかよく聞け。数正は我が徳川家の要だった。我が軍の陣立てのすべてを、数正は熟知しておるのだぞ！」

「あ……！」

「どの隊がどれだけ槍鉄砲を備えていて、勝ち負けを決める勘所ではどの隊が動くか。兵糧を運ぶ荷駄はどこに置くか。そもそもどの城に兵が何人おって、兵糧がどれだけ蓄えられているのかも、いまやすべて秀吉に筒抜けじゃ。お主らも、これまで私と共に百戦してきた古強者どもであろう。これがどれほど恐ろしいことか、わからぬわけではあるまい！」

それを聞いてようやく、家臣たちの顔色が真っ青になった。

彼らは死ぬことをひとつも厭わないが、その死は兜首をいくつも挙げた末に、敵を二、三人道連れにして散っていくといった、絵物語のごとき勇壮なものを想定している。こちらの動きをことごとく敵に読まれ、不意を突かれた末に、普段の力の半分も出せぬまま雑兵の槍にかかるような屈辱的な死であれば話は別だ。

「おのれ石川数正……断じて許せぬ……あの男……」

家臣たちの数正に対する怒りは頂点に達した。誰もが数正許すまじと呪詛の声を上げる中で、私は静かに戦の終結を宣言した。

秀吉の求めるがままに、私は追加の人質を送り出すことに応じた。越中で秀吉と対峙する佐々成政殿は、そんな私の振る舞いを聞いてどう思うだろうか。


長い一日だった。夜明け前に数正が出奔し、朝からずっと騒々しい軍議を続け、秀吉に人質を出すという結論が出たのは夕方のことだった。

全身が綿のように疲れている。

板戸を開いて、何をするでもなくぼんやりと夜空を眺めていたら、そこでようやく、数正がもういないということが実感として頭の中に入ってきた。今川義元殿のもとで人質生活を送っていた幼い頃から四十年以上、数正はずっと私に付き従ってくれていた。そんな数正がいない生活が、まだまったく想像がつかない。

数正。なぜだ。なぜ私のもとを去った。あれほどまでに徳川家が生き延びることだけを真剣に考え抜いてくれていたお主が、なぜ。

十．出奔 ――羽柴秀吉の独白

あまりの驚きに、儂は思わず横にいる官兵衛の顔を見た。

官兵衛もポカンと阿呆のような表情で儂の顔を見ている。驚きの感情をこんなに隠せずにいる官兵衛を、これまで儂は一度も見たことがない。

徳川家において、酒井忠次と共に二本の柱と称せられた家老の石川数正が徳川家を出奔して、いま儂の目の前にいる。こんな大事件があるだろうか。

もちろん、我々にとっては大歓迎だ。

石川数正は徳川家の外交のすべてを握っていたから、徳川家の実力、他国との友好関係、軍制から国情まで、あらゆる重大な機密を熟知している。もはや徳川家の実力は丸裸になったと言ってよい。数正の情報があれば、いかに三河武士が強力であろうと物の数ではない。きっとそれは家康も痛いほどにわかっているだろうから、今後、奴が儂に歯向かってくることはないだろう。自ら死を望んでいるのであれば別だが。

それにしても、なぜ――

儂の眼の前に平伏する石川数正は、その理由をこう述べた。

「三河武士は政を知りませぬ。私はずっと、徳川家は関白殿下の下につくべきだと主張し続けてきましたが、そんな私を裏切り者呼ばわりして除け者にしました。それで私の辛抱も限界に達し、愛想を尽かして徳川家を去った次第にござります」

チラリと官兵衛の顔を見ると、官兵衛が静かに頷いた。

――軽々しく信用してはなりませぬぞ。

目でそう言っているのがすぐにわかった。儂もそれは先刻承知の上だ。これほどまでに高位の家老が敵方に寝返る例など、ほとんど聞いたことがない。今回の出奔が実は家康の罠であるという可能性は十分にあった。数正が身の危険を感じて、さらに別のところに逃げ出しては困るので、儂はにこやかに歓迎する素振りを見せつつ必死でその本心を探った。

「家康はそなたの器を見極められなかったということじゃな。儂は家康とは違って、有為の士は敵味方問わずに重んじておるゆえ、我が家中で活躍してくれることを期待しておるぞ。それではまずは手始めに、徳川家の内情について教えてくれ」

「ええ。徳川を見限って関白殿下のもとに転がり込んだ以上、そう尋ねられることは当然、最初から覚悟しておりました。かたじけないが、筆と紙をお貸しくだされ」

小姓が文机を数正の前に置いて筆を渡すと、数正はさらさらと淀みなく、いくつもの絵地図を描いた。この地図を見れば、誰の知行地がどこにあって、どれだけの軍役を課されているかがひと目でわかる。

徳川の実力を丸裸にする、これまで知りたくともなかなか詳細が摑めなかった貴重な情報が、この手描きの絵地図の中に山ほど詰まっていた。それは、忍びを使ってこれまで集めてきた徳川家の情報ともおおむね一致するので、いまのところ、おそらく嘘は言っていないと信じてもよさそうだ。

「そして徳川家の陣立てがこちら。徳川軍は酒井忠次殿が旗頭を務める東三河衆と、私が旗頭を務めていた西三河衆、そして家康殿の直属で、浜松衆とも呼ばれている旗本先手役の三つから成ります」

「ほう」

「中でも家康殿の切り札とも言える存在が、この旗本先手役。ここにはかの本多忠勝殿をはじめ、榊原康政殿、井伊直政《いいなおまさ》殿など綺羅星のごとき勇将が集められており、勝敗を決する、ここぞという局面においては必ずこの先手役が投入されます」

その説明が終わるか終わらぬかという間に、官兵衛が身を乗り出すようにして早口で数正に尋ねた。

「旗本先手役の人数と陣立ては。普段は浜松城にいるということで間違いないか」

その顔つきは真剣そのもので、数正の話す情報は信じるに値すると官兵衛が認めたことを物語っていた。

官兵衛は矢継ぎ早に数正を質問攻めにして、数正はその膨大な質問に、ひとつも躊躇することなく滔々と答えた。喉から手が出るほどに知りたかった徳川軍の実力のほどが、これですべて明らかになった。思っていた以上に強力だなというのが、私が一番に抱いた感想だった。


予定の時間を大幅に過ぎるまで話し込んだあと、儂は数正に、貴殿のこれまでの立場に見合った、それなりの知行を与えると言い渡して下がらせた。数正が去ったところで、官兵衛と思わず顔を見合わせる。

「どう思った？」

「少なくとも、かの者が語った徳川家の内情は、まったくの嘘偽りではないと私は見ました」

「うむ。儂も同感じゃ。あそこまで秘密をベラベラと喋るということは、数正は家康が送り込んだ間者ではないということで間違いあるまい」

「……その点は、まだ早急に判断を下すべきではないかと」

「なぜじゃ？　奴が語っていたのは、徳川にとっては命取りとなりかねぬ、一番の軍機ばかりじゃぞ。儂を信用させるためにわざと軍機を明かしているのだとしても、自分から進んであそこまで洗いざらい話すことはなかろう」

「それは、そのとおりにござります」

同意はしたが、それでも官兵衛の表情は固い。

「そもそも、家康が仮に儂のところに間者を送り込むにしても、よりによって二番家老を送り込むなどという馬鹿なことがあるか？　普通ならもっと怪しまれないような、もう少し立場の軽い者にやらせるはずじゃろう」

「ええ。まさに仰るとおりです。間者としてはあまりにも不自然。ですが――」

「ですが？」

「徳川家に嫌気が差して逃げ出してきたとしても、あまりにも不自然です」

「まあ、それは確かにそうじゃが……」


そこで儂は徳川に忍びを放って、出奔前の石川数正が家中でどんな立場に置かれていたのかを調べさせた。すぐにわかったのは、儂との和平を一貫して主張し続けてきた数正が、徳川の家中では蛇蝎の如く嫌われていたことだ。

特に、数正が面倒を見ていた木曾義昌が我が方に寝返ってから、家中での数正の信用は地に墜ちていた。それは数正の動きを封じるために官兵衛が仕掛けた計略であり、その点で官兵衛の策は大成功だったと言えるが、まさか数正が徳川家を逃げ出すまでの大成功はさすがに想定していなかった。

改めて数正を呼び、なぜ徳川家を出たのか、その理由をより詳しく問いただす。

「賤ヶ岳の戦いよりこれまで、家康殿は関白殿下に歯向かうか服従するかでずっと揺れておりました。信雄様が降伏された際に、於義伊殿を養子に出されたところまでは賢明な判断でしたが、最後の最後で大局を見誤りました。それで私も、この家はもう滅びゆくだけだという踏ん切りがついたのでございます」

「大局を見誤った？」

「はい。佐々成政殿を征伐するにあたり、関白殿下は徳川家に対して人質を出すよう求められました。これに対して徳川家中は、人質を取るとは言語道断、かくなる上は徹底的に戦って死ぬまでだと息巻いたのでございます」

「この乱世で人質の一人や二人、どこの家も普通にやりとりしておる。別に憤るほどのことではあるまい。まったく、三河者はどうしてこう強情なのか」

儂はさも、自分はごく当然のことをしただけという口調で言ったが、内心では、まさに官兵衛の狙いどおりになっていたのだなとほくそ笑んだ。数正が儂の言葉に調子を合わせ、憤りを込めた口調で語る。

「ええ。かの者どもは己の忠義に酔い、周りが見えておらぬのです。もはや雑賀・根来の衆も壊滅し、長宗我部も関白殿下の軍門に降りました。勝ち目などひとつもないのに、断じてそれを認めようとしない」

「うむ。実に愚かなことじゃ」

「いまさら徳川が反旗を翻したところで、同盟相手の北条家は上杉家と対峙していて身動きが取れませぬ。手を組もうとするのは、せいぜい薩摩（鹿児島県）の島津家くらいでございましょう。それではまったく勝負になりませぬ。ただ犬死するだけ」

「お……おお。まさにそのとおり」

数正の言葉に、儂は一瞬だけゾクリと嫌な寒気を覚え、内心の動揺を悟られないように思わず表情を堅くした。

徳川が島津と手を結ぶ――

朝廷から関白の位を宣下され、名実ともにこの国の頂点に立った儂は、天下統一の総仕上げとして九州の平定に着手していた。対するは薩摩の島津家だ。

島津家は琉球や南蛮との交易を通じて、大量の鉄砲と弾薬を手に入れている。加えて、薩摩武士は三河武士とよく似た気質を持つ、実に厄介な相手だった。彼らは敵に背を向けるくらいなら死んだほうがましという狂った信条を持っており、いつも捨て身で突っ込んでくることで恐れられていた。

我が方に帰順した豊後（大分県）の大友《おおとも》家は、そんな島津家にさんざん手を焼いていた。今後、仮に全国の兵を差し向けて圧倒的な物量で島津を征伐するにしても、かなりの損害は避けられないと覚悟はしている。

そんな薩摩武士が三河武士と手を組むことなど考えたくもない。私が心の中で戦慄していると、数正は無念そうな顔を浮かべながら続けた。

「三河武士は、誇り高く死ぬことだけを求める、ただの気狂いの集団です。此度の戦で、奴らは最初から勝つ気などありませぬ。一人でも多くの敵の首を獲って死にたいだけです。そんな不毛な戦いで命を散らすことに、いったいなんの意味がありましょう」

「む……」

「これまでも私は、臆病者であるとか不忠者であるとか、さんざん罵られつつ耐えてきました。ですが、もはや我慢の限界にござります。ただ己が美しく散るためだけに、なんの大義もない戦を起こして民を苦しめるなど、あまりにも馬鹿げている。それが、私がかの家を去った理由にござります」

数正が話すのを終えても、儂はしばらく返事を忘れていた。

気がつけば儂はいつの間にか、徳川と島津が槍を揃えて自分に向かってくる光景と、あの本多忠勝が死兵と化して、一人でも多くの敵を道連れにせんと全力で突っ込んでくる姿を思い描いていた。戦慄のあまり、声が出なかった。

儂の様子を見た官兵衛が、「下がってよろしい」と数正に告げた。

数正が部屋を出たあと、官兵衛は険しい表情で言った。

「秀吉様。かの者の言うことを鵜呑みにしてはなりませぬ。やはりあの男、徳川の間者かもしれませぬ」

「いや、間者ならば嘘を伝えて敵を油断させ、気が緩んだところを衝こうとするものじゃろう。なぜわざわざ我々を恐れさせ、気を引き締めさせる必要がある。それに、いまの数正の話はすべて合点がいく。儂が家康でも、当然真っ先に島津と手を結ぼうとするだろうし、島津も間違いなく応じるはずじゃ。いま徳川を攻め滅ぼそうとしたら、数正の言ったような修羅場になるのは明白であろうぞ」

「ええ。石川殿の言われたことは、たしかにすべて真実。しかし真実だからこそ、石川殿の狙いどおりであるとも言える――」

「お主が何を言っておるのか、さっぱりわからぬぞ官兵衛」

するとと官兵衛は、ブツブツと独り言のようにつぶやきはじめた。

「いえ、石川殿が寝返って我々に軍機を漏らしたことで、私の挑発に引っかかって戦う気満々になっていた徳川は、戦を挑めなくなりました。一方で、言いがかりをつけて徳川を攻め滅ぼす気だった我々も、いまの話を聞いて徳川との開戦に怖れを感じております。そして石川殿は最初から一貫して、徳川家と羽柴家の和平を主張し続けていた御方――」

「何が言いたい」

「なんだか石川殿が羽柴家に来た時から、すべてが石川殿の望んでいた方向に話が進んでいるような気がしてならないのです」

「はあ？」

官兵衛は何を言っているのか。そんなものは偶然にすぎない。自分が敵方に寝返ることで主家を滅亡から救うなど、いくらなんでも話ができすぎている。

「考えすぎじゃ官兵衛。数正は単に家中で居場所がなくなって当家に逃げてきただけじゃ。いかにもありそうな話で、辻褄も合うではないか」

「はい。いや、しかし……そんなことはない。だが――」

ブツブツと独り言をつぶやきながら、官兵衛はしばらくの間、下を向いて考え込んでいた。そして、そのうち自分の中で結論が出たのか、フッと憑き物が落ちたような表情になって顔を上げると、あっさりと儂に言った。

「うん。決めました、秀吉様。殺しましょう」

「は？」

「石川数正殿は、いますぐ殺すべきです。かの者が徳川の間者かどうかはわかりませんが、疑わしき者は早めに除いておくことに越したことはございません。あとで手遅れになってから殺すよりも、どうせ手を打つなら早いほうがいい」

「い、いくらなんでも、無茶がすぎるぞ官兵衛！　そんなことをしたら天下がなんと言うか。秀吉は敵方を寝返って自分に味方した者を、大した理由もなく殺したと誰もが非難するぞ。きっとこの先、いくら敵を調略したところで誘いに乗る者は一人もいなくなるわい！」

「ええ、そのとおりです。しかし、そんな不利益が生じてもなお、石川殿をここで殺しておくことのほうがずっと価値があります」

「えええ……？」

「かの者が言うことは、一面では真実。しかしその実、徳川家を滅ぼさんとする我々の動きを、巧みに阻止しようとする言説かもしれませぬ。かの者の言葉を信じて、いまこの場で徳川家を滅ぼすことを躊躇すれば、必ずやのちに厄災となって羽柴家に害をなすことでしょう。いまの損害を恐れてはなりませぬ。あとで返ってくる厄災と比べれば、ずっと安上がりです」

「またそれか官兵衛。お主も強情じゃな……」

　官兵衛の徳川嫌いは徹底している。

　そこまでせんでも、と儂が何度たしなめても叱りつけても、官兵衛は家康を殺せの一点張りで、決してその旗を降ろそうとはしない。

儂はこれまで官兵衛の智謀に何度も救われてきた。官兵衛の執拗さには心底辟易しているし、儂はまったく腑に落ちていないが、あの官兵衛がそうまで言うのならば、きっと家康は殺したほうがよいのだろうなと、最近は半ば強引にそう思い込むようにしていた。

「官兵衛、お主の言い分はよくわかった。数正の言葉はあれど、徳川を滅ぼすという儂の考えに変わりはない。ただ、数正は徳川に関する有益な情報を色々持っておるし、いますぐ殺すにはいかにも惜しい――この件は考えておく」

そう言って、官兵衛の鬼の督促をかわした。

数正が儂の配下になって半月ほどが経った。

だが、警戒した官兵衛は、その後は一度も数正と会わせてくれない。儂は不満だった。儂は別に、数正と政の話をしたいわけではない。儂はどうしても数正の口から、小牧・長久手の戦の時に家康がいったい何を考えていたのか、思い出話として聞いてみたかったのだ。

十一月の末、たまたま近江の坂本城まで出かける用事があった。

官兵衛は大坂城で留守を守っている。随行の人員の中に石川数正が入っていることを知った儂は、これは千載一遇の好機だと心を躍らせ、夜話の相手をせいと言って数正を秘かに御前に呼んだ。

軽い酒肴を用意させ、儂はくつろいだ平服姿になり、数正と初めて酒を酌み交わした。数正は最初のうちこそ緊張してまるで地蔵のようだったが、儂の親しげな態度を見て次第に打ち解けた様子になり、酒が進むにつれて饒舌になってきた。

「いやはや、池田恒興殿がいきなり関白殿下の側につき、犬山城をひと晩で落とした時には本当に肝を冷やしましたぞ」

「ははは、そうであろう。備えを見れば信雄殿が油断していたのは明らかだったからの。覚悟の足らぬ信雄殿のことだ、たいそう慌てていたのではないか」

話題は当然、小牧・長久手のことだ。いまとなってはよい思い出である。

「ええ。信雄様は、我々も心底がっかりするほどの狼狽ぶりでござりました」

「やはりのう。その光景がありありと目に浮かぶわ。それにしてもあの信雄殿が主では、あまりの頼りなさで、さぞや家康殿も苦労されていたろうな」

予想していたとおり、その「答え合わせ」はとても愉快なものだった。

あの時、池田殿が別動隊で三河を衝く策を提案し、家康はそれを奇襲で打ち破った。その後も、儂がああ動けば家康はこう動くといった息詰まる駆け引きが絶え間なく続き、儂は一時は追い込まれてげっそりと疲れ果てたものだ。勝者となったいま、あの時の戦いを相手側の立場で見た話を聞くのは最高に楽しかった。数正も興が乗ってきて、あの頃に自分が仕掛けた秀吉包囲網の話を詳しく聞かせてくれた。

この男、かなり使える。殺すには惜しい――

腹を割ってじっくり話すうちに、儂は数正の有能さにようやく気づいた。

くそ真面目でなんの面白味もない、地味な男という印象しかなかったが、その実、とんでもない奇策を何食わぬ顔して淡々と繰り出している。それなのに数正自身が、それが他人には到底真似のできない、極めて高度な策略であるということにひとつも気づいていないのだ。だから「この程度のこと、誰にでもできましょう」としばしば口にして決して誇ることがない。無自覚の天才だ、と思った。

数正は儂にすっかり気を許し、酔いも回って、親しげに笑いながら言った。

「でも、色々と肝を冷やす場面はございましたが、なんと言っても私が一番焦りましたのは、和睦の件で関白殿下とお会いしたあの時でございますな」

「あの時？」

「あの時ですよ。信雄様が降参される直前に少しだけ和睦の機運が生まれて、私と酒井忠次殿が和睦の条件を記した書面をお持ちした時にござります」

思い出した。家康がふざけた条件を突き付けてきて、腹を立てた儂が数正の前でその書状を破り捨てた時のことだ。

「ああ、あの件であるな。じゃが、あれはお主の話の進め方のほうに大いに問題があったぞ。どうして事前に、家康に話をつけておかなかったのじゃ」

「……え？」

「ん？　どうした」

数正が、怪訝な顔をして首をかしげている。

「家康殿に話をつけるも何も、私めはいつも家康殿とじっくり相談して、すべて了解を取ったうえで話を進めておりました。それよりも、関白殿下のご家中の話があまりにも二転三転するものだから、我々はそれで散々苦労させられましてございます。あの時、ご家中ではいったい何がおありだったのですか」

「……は？」

なんだか話が噛み合わない。

「何を言っておるか数正。あの時は、それまで和睦を結びたがっていた家康が、いきなり全部をひっくり返して無理難題を吹っかけてきたのではないか」

「え……？　いや、関白殿下が突然梯子を外されたので、それまでの前向きな交渉はいったいなんだったのだと、あの時の徳川家中は怒り狂ったものでございましたぞ」

「……は？」

「……え？」

その瞬間、いったい当時何が起こっていたのか、儂はすべてを察した。

だが、それを絶対に数正に明かすわけにはいかない。とりあえず大笑いしてその場をごまかすことにした。

「ははは。ああ、そうだそうだ。うっかり忘れてしまっておったが、ようやく思い出したわ。まぁたしかにあの時は、儂も少しどうかしておったようじゃな。実はあの時、詳しくは言えぬのだが裏で色々あってな。儂は虫の居所が非常に悪かったのじゃ。いまになって思えば、あそこまで怒る必要はなかったかもしれぬ。はははは」

儂の唐突な爆笑に、数正は明らかに腑に落ちていない顔をしていたが、さすがは賢明な男だ。これ以上この件に触れるのは危険だと機敏に察したのだろう。迂闊に質問はせず、うやむやのままに流してすぐに次の話題に水を向けた。

数正の機智のおかげで事なきを得たが、内心、儂の腸《はらわた》は煮えくり返っていた。官兵衛の野郎。和睦を壊すために、儂に嘘の報告をしておったな──

儂はようやくこれで、あの時になぜ家康があんな不可解な提案をしてきたのか、なぜ数正が困惑した表情を浮かべていたのか、すべてを理解したのだった。

何がなんでも和睦を阻止して、あそこで家康を殺しておきたかった官兵衛の強い想いはわかる。だが、それにしてもやって良いことと悪いことがあるだろう。主君に偽りの報告をして真実を伝えずに外交を操作するのは、臣下として絶対に越えてはならない一線ではないか。

絶対に許さぬ、官兵衛の奴。

家康を殺すかどうかを決めるのは儂だ。お主の助言は実に重宝している。だが、助言の域を超えて儂のやることに手出しをするのだけは、絶対に駄目だ——

数正との会話はその後急に気まずくなり、さっきまでの盛り上がりが嘘のように静かに終わった。

数正が去ったあとも、官兵衛への怒りが収まらない。どうにも眼が冴えてしまって眠れず、儂は長いこと布団の中で悶々としていた。

未曽有の大災害がこの国を襲ったのは、その時のことだった。

最初はガタガタガタッ、と襖が大きく震えた。

地震だ、しかもかなり大きい、と認識した次の刹那、轟音と共にいきなり地面が体を大きく突き上げてきた。続いて襲ってきたとんでもない揺れに、いままで体験したことのないような大地震が起こったのだとようやく気づいた。

「うわあああ！」

激しい揺れによって、天井の檜板が何枚か外れて落下してくる。とっさに布団をかぶって落下物から頭をかばった。ミシミシと梁が不気味にきしむ音を立て、襖が外れてバタンバタンと倒れる音が幾重にも重なる。

「関白殿下をお守りせよ！」

周囲に控えていた忠実な小姓たちが、這いつくばりながら必死に儂の周りに集まろうとしているが、暴れ牛のように揺れる地面にしがみつくだけで誰もが精一杯だ。

まずい、このままでは建物の下敷きになって死ぬ――そんな恐怖が頂点に達した時、長々と続いた激しい揺れがようやく収まって、やっと儂は人心地がついた。

「なんだったのじゃ、これは……」

周囲を見渡すと、あちこちの天井板が落ちて畳の上に散乱しており、襖も七割方外れて床に散らばっている。よろよろと縁側まで歩いて外を見渡すと、坂本城の三層の天守が斜めに傾き、瓦がところどころ落ちて下の骨組みが見えてしまっていた。

「これは――天罰か？」

天変地異は、天が為政者に示す意思だ。いったい儂が何をしたせいで、こんなとんでもない厄災が降ってきたのか。この地震によって、天は儂に何を伝えようとしているのか。

それがなんなのかはあとで卜筮《ぼくぜい》の者にきちんと見立てさせるとして、とにかく儂はいま、天下を統べる者として襟を正して、天道に背かぬ行いをせねばならないことは間違いないだろう。


時間が経つにつれ、この地震がとてつもない厄災であることが徐々に明らかになってきた。

特に被害が大きかったのは美濃・尾張・伊勢という、かつて信雄殿が治めていた国のあたりだ。美濃の要衝、大垣城は倒壊したうえに火が出て全焼。伊勢の長島城も天守が倒壊した。

それ以外の国でも、飛騨の帰雲城《かえりくも》は土砂崩れに巻き込まれて跡形もなく土に埋まったほか、越中の木舟城は地面の陥没により建物が倒壊して城主が死亡した。恐怖に駆られた儂は予定を繰り上げて、逃げるように大坂城に戻った。

美濃や尾張ほどではなかったが、大坂城の揺れもかなりのものだったらしく、御殿の損壊や石垣の崩落が何か所か起こっていた。留守を預かっていた官兵衛に城の復旧を命じ、さらに被害の多かった地域には金と食糧を送り、怪我人を手当てして建物を建て直すための人員を組織して向かわせた。

「儂が関白の宣下を受けてすぐ、こんな厄災が起こるとは――」

天は儂がこの国を統べることを望んでおらず、それでこの天罰を下したのではないかという疑念がチラリと頭をかすめる。

儂自身ですらそんなふうに考えたということは、儂のことをよく思わぬ連中は間違いなくこれは天罰だと確信し、儂の眼の届かないところで喜々としてそう言いふらしているはずだ。そんなことを考えていると、途端に気分が滅入ってくる。

「官兵衛。大坂城の金蔵を開き、このたびの地震で暮らしが立ち行かなくなった窮民たちを救え。金に糸目はつけるな。こういう時にどう振る舞ったかが、後《のち》の正念場になって効いてくるからの」

「ははっ」

儂は世間からの悪意に対する言い訳のように、手厚い貧民救済を命じた。官兵衛はそれを承ったあと、何食わぬ顔で儂に尋ねてきた。

「それはそれとして、家康殿を討つ兵は、予定どおり年明けすぐに出発するということで準備を続けてよろしいですな」

「……ちょっと待て官兵衛。いま戦をはじめるのはさすがにまずかろう」

こんな前代未聞の大厄災の直後に、民をほったらかしで戦にかまけていたら、帝もさすがにいい顔はしないはずだ。関白に就任して最初の大きな仕事がそれでは、あまりにも外聞が悪い。

「もちろん、民の救済はやりすぎるくらいにきちんとやります。ですが、それとこれとは別の話。たとえ地震があろうが、家康殿にはきっちりと死んで頂きます」

「お主、最近どうかしておるぞ。さすがにおかしい」

「すべては羽柴家のためです。いま家康殿を殺さねば、必ずや羽柴家は徳川に――」

「ちいと待てや官兵衛」

ピクリと官兵衛の動きが止まった。能面のような無表情でこちらを振り向く。

「おみゃーさん、儂に嘘ついたがや。家康殿との和睦の時」


憎悪のこもった儂の問いかけにも、官兵衛は眉ひとつ動かさない。

そうか、儂に嘘をつくと決めた時から、とうに覚悟は決まっているということか。

「すべては羽柴家のためです」

「いくら羽柴家のためと言うても、やってええことと悪《わり》いことがありゃーせんか」

脳裏に石川数正の実直そのものの顔が浮かんだ。

官兵衛の仕掛けた数々の奸計によって、この男は徳川家中でどんなに肩身の狭い思いをしてきたのだろうか。この責任感の塊のような男が、家老という重責を放り投げてまで敵である儂のところまで逃げてきたのだ。そのつらさは容易に想像がついた。

そして石川数正をそんな行動に追い込んだのは、官兵衛の主である儂だ。

「おみゃあ、儂を舐めとるがね。羽柴を滅ぼすのは家康殿じゃぁにゃあで」

「……」

「羽柴を滅ぼすのは官兵衛、おみゃあじゃ。断じて許さんで、儂は」

だが、どんなに儂が凄んでみせても、官兵衛はこの日が来るのを最初から予見していたのか、まるで仏像のように何ひとつ表情を変えなかった。

「やって悪いことであっても、やらねばならぬと信じております。お斬り下さい」

しれっとそう言い放ち、静かに額を畳に付けて首を伸ばす官兵衛。儂は思わず腰の刀に手をかけたが、そこで手を止めた。と同時に血が沸騰するような怒りが込み上げてきて、全力で官兵衛を怒鳴りつけた。

「アホたわけが！　儂は、おみゃあのそういうところが気に食わんのだがや！」


すべてを、見透かされている。

こんな重大な嘘をつくような人間を儂が絶対に許さないことも、それできっと自分を斬るであろうことも官兵衛はわかっている。さらに言うと、斬ったあとで儂が後悔の念に苛まれ、官兵衛が最後まで譲らなかった徳川家康殺害を、死出の餞《はなむけ》として必ずやり遂げてくれるであろうこともわかっている。

だからこそ官兵衛は、それもまたよかろうと考えて儂に嘘をつくことを選び、こんなにも落ち着いて儂に殺されようとしているのだ。

ふーっ、ふーっ、と肩で大きく息を吐きながら、儂は絞り出すように言った。

「官兵衛……おみゃあ最近、ちいとばかし調子《ちょうす》いとるがや。なんでもかんでも、おみゃあの狙いどおりに人を操れると思うとったら、大間違いだがね」

それに対して官兵衛は、頭を下げたまま何も答えない。それがまた儂を馬鹿にしているように思えてきて、儂は再び激高し、気づけば大声で宣言していた。

「とにかく！　家康殿は殺さぬぞ！　よいな！」

それだけ言い放つと、儂はいたたまれなくなって奥の間に向かった。どすどすと乱暴な足音を立てて去っていく私の背中に向かって、官兵衛が独り言のようにつぶやく声が聞こえた。

「石川数正殿に、完全にしてやられましたな……」

かくして、儂の肚は決まった。

徳川家は滅ぼすのではなく、自分の側に取り込む。家康と姻戚関係を何重にも結んで家族の一員に組み入れ、羽柴家の天下を支える柱石にしてしまうのだ。

敵であれば厄介極まりない三河武士と家康も、味方にしてしまえばこれほど心強い相手もいない。改めて考え直してみるとこれは、一兵も損なわず、民に戦の苦労も負わせずに敵を我が傘下に吸収する、実に儂らしいやり方ではないだろうか。

散々二転三転はしたが、いざこうして結論が出てみると、これこそすべてがあるべき場所にきれいに収まった、最良の解決策であったような気がする。

家康の側も、もはや完全に観念したようだ。

数正の寝返りにより徳川家の軍機はすべて筒抜けとなり、これではもう戦いにならない。交渉の使者として織田信雄殿を送ったところ、儂と縁戚関係を結べるのであれば和睦に応じてもよいという答えが返ってきた。

徳川家に誰を嫁がせるかについて、儂は官兵衛と相談した。

「旭《あさひ》を、家康の正室にさせようと思うのじゃが」

儂がそう言うと、官兵衛は呆れたような顔をした。

「旭様でございますか？　しかし誠に恐れながら、旭様の御歳は……」

旭は儂の実の妹で、歳は四十四。家康とは同い年だ。

「そんなもん、別にどうでもええじゃろ。羽柴と徳川が近しい親戚になったことを天下に示すための、形だけの夫婦じゃ。だから、できるだけ儂に血が近い者でなきゃこの役は務まらん。ま、夫婦としてやることやれんでも、あちらさんも別に怒りゃせんだろ。それに、家康は年増好みじゃとも聞いておるしな」

「はあ。しかし旭様には、長年連れ添った佐治《さじ》様がおられますが……」

「知るか。離縁させりゃええだけの話じゃ。いまでこそ佐治日向守《ひゅうがのかみ》とか偉そうな名乗りをして武士の真似事をしとるがな、あいつは儂の近所で一緒に百姓やっとった権《ごん》之助《のすけ》じゃ。そんな奴がいままで、関白である儂の妹の夫なんかに収まっておったことのほうがどうかしとったんじゃ」

「はあ……」

実の妹である旭が家康の妻になることで、家康は儂の義弟になる。また、少し前に儂が家康から養子にもらい受けていた於義伊は元服し、儂の名から一字を取って羽柴秀康《ひでやす》と名乗ることになった。

「これで家康は完全に我が家に取り込まれた。じゃが、同じ一族だからといって付け上がらせるわけにはいかぬ。羽柴が上で徳川が下であるということを、骨の髄まで家康の奴に叩き込まねばならぬ」

そのために儂はまず、家康がこの縁組みの礼を述べるために寄越した使者に難癖をつけた。特に理由はない。天野景能《あまのかげよし》という、家康の傍に古くから仕える腹心の者が使者を務めたのだが、こんな重要な件の使者に儂と面識のない人間を寄越すとは何事か、もっとしかるべき人間を寄こすのが礼儀じゃろう、と叱りつけた。

儂はこれで家康を試したのだ。この程度のことで怒って反旗を翻すようなら、どのみちいつか儂を裏切るだろうから、いまのうちに滅ぼす。

しかし、家康は何も言わなかった。黙って本多忠勝を改めて御礼の使者に遣わした。すなわち家康は、この程度の理不尽であれば我慢して従うと表明したということだ。

次は、最後の仕上げとして家康に上洛させ、大坂城で我が前に臣下としてひれ伏す姿を、周囲の者たちに見せつける。これで儂の徳川家支配は完成する。

その既成事実さえ先にできてしまえば、実態はあとからついてくるものだ。

そのためなら儂はなんだってやる。絶対に家康を引きずり出して、儂の前にひざまづかせてやるのだ。

十一．臣従　――徳川家康の独白

織田信雄様が和解の使者としてやってきたのは、一月二十四日のことだ。

いまの信雄様は、完全に秀吉の犬と化している。

信雄様は私に無断で秀吉と講和したあと、早々に大坂城の秀吉を訪問して服従の意を示した。信長様の子息が自分に頭を下げる様は、秀吉の勢威を周囲に示す格好の材料である。それ以降、信雄様は秀吉にとって「便利な道具」となり、秀吉はこの「道具」を正三位権大納言に推薦して、下にも置かぬ扱いをした。

信雄様は、以前の自分が秀吉の無礼に怒り狂っていたことなどすっかり忘れてしまったらしい。自分がなぜ秀吉から大事にされているのかを深く考えることもなく、無邪気に秀吉に尻尾を振っては、かつて共に戦ってくれた仲間たちのもとに使いをして、黙って秀吉に従うべきだと説得する役を買って出ている。

昨年に秀吉が佐々成政殿を攻めた時にも、信雄様は成政殿のもとへ使者として訪れ、降伏の仲介を務めた。成政殿は信雄様の説得を受け入れて、泣く泣く秀吉に降伏し臣下になることを受け入れた。

これはまったくの私の想像だが、成政殿は信雄様の説得に応じたというよりは、信雄様の情けない姿を見て心が折れたのではないかと思う。いまこうして自分も成政殿と同じ場に立たされながら、私は成政殿の無念に思いを馳せ、心の中で秘かに涙した。

「家康殿。もはや片意地を張られたところで、なんの甲斐もありませぬぞ」

開口一番、屈託のない笑顔で信雄様がそう言った時、私は立場も何もかも捨てて、躍りかかって信雄様を叩き斬ってやりたい衝動に駆られた。

「賢くなりなされ。秀吉殿はいまや関白の位にあって、帝のご意向を体現するお方じゃ。秀吉殿に歯向かうということは、すなわち帝に歯向かうということ。素直に従って、羽柴家のもとで栄達をめざすのが得策じゃぞ」

そんなことを臆面もなく言う信雄様の緩みきった表情に、かつて天下を制した織田家の当主としての誇りはどこにもなかった。こんな方に一時でも力を貸し、可愛い将兵たちの命をいくつも犠牲にしたことに強い後悔の念をおぼえる。

真に信長様の跡を継ぐのは、この方などではない。私だ――

もはや天下はほぼ秀吉のものとなり、私が秀吉に取って代わる可能性など皆無に等しい。それでもなお、一度でも本気で目指してしまった天下取りの夢は、未練となっていまだ私の胸の奥でくすぶっている。

私は信長様の跡を継いで天下を獲る。そのためには、こんなところでは死ねない。

「かしこまりました。信雄様の面目もございましょう。それでは、秀吉殿と改めて和議を結ぶこととといたします」

「おお。わかってくれたか家康殿」

「ですが秀吉殿は、私に対してずいぶんとよそよそしい振る舞いをされておられます。以前に息子を養子にお出しして、もはや親戚も同じ間柄だというのに、越中を攻めるにあたっては追加の人質を出せといきなり言ってこられました。ここは両家の紐帯をより深めるために、秀吉殿の家系に連なるどなたかを、我が一族にお迎えさせて頂けませぬでしょうか」

私からは次男を秀吉のもとに送っている。ならば今度は、そちらから女を我々に寄越す番だということだ。少々強気すぎる返答かもしれないとは思ったが、秀吉からは二つ返事で快諾された。

とはいえ私ももう歳だし、跡継ぎと考えている長丸《ちょうまる》はまだ七歳だ。親戚筋の年頃の男と、秀吉の親類の年頃の娘を選んで縁組みするのだろうと思っていたら、秀吉からきたのは意外な申し出だった。

「……はあ？　秀吉の妹じゃと⁉」

「はい。旭姫様と申される方でして、秀吉様の実の妹君にございます」

そう伝える酒井忠次も困惑気味だ。

「いや、そうは言っても秀吉の奴はたしか儂の六つ上だから、今年で五十だぞ。その妹君ということは……歳はおいくつになる」

「家康様と、同い年であられるとのこと」

「そんな爺婆の夫婦があってたまるかァ……」

思わず頭を抱えて呻く私を、忠次が戸惑いながら慰めてくる。

「いえ、家康様も旭姫様も、さすがにまだ爺婆というほどの御歳では……」

「そういう問題ではないッ！」

ただ、これが夫婦として成り立つかどうかはともかく、秀吉が恥も外聞もかなぐり捨ててこの縁組に賭けていることは痛いほどによくわかった。互いの親戚同士の縁組みなどでは到底安心できない。自分の実の妹と私というこれ以上なく近い血のつながりを作ることで、何がなんでも私を自分の身内に引き込んでおきたいというのが秀吉の意志である。

「まあよい。秀吉がそこまでするというのなら、こちらも乗ってやろうではないか」

ところが、それで旭姫との婚儀がすんなり決まったかと思いきや、ここでもまたひと悶着があった。婚儀のお礼の使者として近臣の天野景能を秀吉のもとに遣わしたら、こんな知らぬ奴をよこすとは何事かと、激怒して突っ返されたというのだ。以前、和睦の条件を書状にしたためて送ったら、激怒した秀吉に破り捨てられた嫌な記憶がよみがえる。

「またか……またもや舐めた真似をしてくるか、あの猿め……」

いますぐ号令をかけて戦の準備を始めたい衝動に駆られる。あの時だったら石川数正が必死になって止めてくれたが、その数正ももういない。

それでも私は、今回は自分の意志でその怒りを抑え込んだ。

すべては、もう終わったのだ。

その数正が、徳川家の軍機をことごとく秀吉に明かしてしまっている。かつて数正が決起を呼びかけて共に戦ってくれた佐々成政殿も、長宗我部家も、雑賀衆も根来衆も、皆秀吉の軍門に降った。

「ならば、本多忠勝をお礼の使者に遣わそう。それならば不足はあるまい」

肩書だけを見れば筆頭家老の酒井忠次を送るべき場面だろうが、とてもそんな気にはなれなかった。

忠勝なら秀吉にも臆することなく堂々と使者を務めてくれるだろうし、秀吉は敵味方問わず有能な士を愛していて、忠勝は大のお気に入りだ。かつて徳川家から引き抜いて自分の家臣に取り立てようとして断られた過去があるくらいだから、酒井忠次が行くよりもむしろ喜ぶはずだ。

かくして天正十四年（一五八六年）の五月、様々な紆余曲折の末、秀吉の妹である旭姫が我が国に嫁いできて、そして私は秀吉の義弟となった。

すると半年も経たぬうちに今度は、正親町《おおぎまち》天皇がご譲位されるので、夫婦そろって義弟殿も上洛し、譲位式に参列なされよという連絡が秀吉からやってくる。

私は酒井忠次と顔を見合わせた。

「いやはや。よくもまぁこうも、一番いやらしい理由をつけて、一番嫌なことを申しつけてこられるものですな」

呆れたような顔でそう嘆く忠次に、私も黙って頷いた。

「上洛か……」

秀吉の命に従って動くことは絶対に避けたい。だが、帝の譲位式のためと言われると、断るのもなかなかに角が立つ。

秀吉の狙いはわかっていた。私が秀吉の命に従って京を訪れて秀吉と面会すれば、その行動はすなわち、私が名実ともに秀吉の臣下となったことを意味する。これから九州の島津家征伐の軍を出そうとしている秀吉は、その間に万が一にも私に背後から隙を衝かれないよう、どんな手を使ってでもその既成事実を作ろうとしているのだ。

「しかしまぁ、殿を呼び出すためにわざわざ帝の譲位式まで持ち出すとは、秀吉殿も実に徹底しておられますなぁ」

その過剰なほどの徹底ぶりこそが、秀吉の秀吉たる所以だろう。

ここぞという場面になると、あの男は恥も外聞も捨て、周囲が辟易するほどの過剰な手を打ってでも確実に目的を達成する。関白という位大臣を極めてもなお、秀吉のそういう部分はひとつも変わってはいない。

となると、生半可な理由では上洛を断れそうもなかった。

「旭の体調がすぐれないので、しばらく様子を見させてほしいと答えるか」

我が家に嫁いできたばかりの旭姫が、あまりに急な環境変化に心労が溜まったか、ここひと月ほど調子を崩して臥せっているのは事実だった。私はそれを理由にして、回答を先延ばしにすることしかできなかった。

思えばこの秀吉の妹も、実に不憫なものだ。

長年連れ添ってきた百姓あがりの夫といきなり離縁させられたうえに、見知らぬ土地に独りで連れていかれ、「奥方様」などと呼ばれて堅苦しい場をさんざん引きずり回されたのだ。そう若くもないのだし、そりゃあ体調もおかしくなるだろう。

だが、旭の病気を口実にした私の時間稼ぎすら、秀吉は許してくれない。

すぐさまやってきた秀吉からの返事に、忠次も私も絶句した。

「旭のお見舞いに、大政所《おおまんどころ》を岡崎に寄越すだと⁉　そこまでやるか、秀吉……」

秀吉は今度は、七十一にもなる自分の母、大政所を差し出すと言ってきたのだった。娘の見舞いのためという理由をつけているが、要するに人質である。もし上洛している間に私の身に何かがあれば、代わりに母と妹を殺してもかまわぬ。だからいますぐ上洛せよ。そういう秀吉の意思表示だ。

「これは……関白の位にある秀吉殿にここまで譲歩させて、それでもまだ我々が突っぱねては、なんだか我々のほうが器が狭いように見えてしまいますな」

「それが奴の狙いなんじゃろう。実に狡猾なやり口じゃ。だが――」

防ぎようがない。

力関係が圧倒的に上の者が下の者に頭を下げると、上の者は謙虚だと評判を高め、下の者は傲慢だという誇りを受けるものだ。

私は別に、秀吉に頭を下げてほしいなどとはまったく思っていない。それでも、秀吉が勝手に頭を下げてくるせいで、このままでは私は世間から傲慢だというふうにも見られかねない。秀吉の要請に応じて上洛するより、残された道はなかった。

私が浜松城を出発して西に向かったのと入れ違いに、大政所が岡崎に入った。京で帝に謁見する前にまずは秀吉と対面すべく、私は十月二十六日に大坂城に入った。

大坂城では秀吉の弟、秀長殿が豪華な宴席を用意して歓待してくれた。

山海の珍味を揃えた豪華絢爛な食膳に、これまで味わったことのない爽快な口当たりの酒。だが、それらを口にしても、ちっとも味を感じない。

明日は大坂城の大広間に諸大名が集められる。そこで、正親町天皇の譲位式に向けて、関白秀吉から言葉を賜るという段取りだ。

私はその場で初めて、諸大名の面前で秀吉に頭を下げる姿を晒す。つまり私は、あの徳川ですら服従したという、秀吉の勢威を天下に示すための見世物にされるというわけだ。

出発前から覚悟はしていたことだが、いざその場がこうして翌日に迫ると、屈辱で下腹のあたりがむかむかしてくる。口に含んだ酒が苦い。

すると、部屋の襖の奥が急に騒がしくなった。何事かと思っていると、控えていた小姓が緊張した面持ちで告げた。

「関白殿下のお成りでございます」

あらかじめ聞かされていなかったのか、秀長殿も困惑した顔をしていたが、おかまいなしに奥の襖が開かれて上機嫌の秀吉が現れた。金糸で縫い取りされた豪華な羽織を身につけ、満面の笑みを浮かべながら私の隣に腰を下ろした。

「おお、家康殿。このたびはよくぞ大坂にお越し下さったなぁ。この秀吉、このとおり心より御礼を申し上げる」

　そう言ってあっさりと頭を下げた秀吉は、とても関白とは思えないほどの気さくさだ。だが私は、これは秀吉が演じている作り物の気さくさであることを知っている。私は表情を堅くして、素っ気なく答えた。

「この家康、大変な遅参となりましたこと、心よりお詫び申し上げます」

「いやいや。そんな詫びられてはこちらも心苦しい。何しろ、貴殿と儂はほんの少し前まで戦をしておったのだから、上洛をためらうのも当然のこと。だが、これからは家康殿は儂の頼もしい義弟じゃ。過去の遺恨はすべて水に流して、共に栄えてゆこうではないか」

「はい。関白殿下のご厚情、誠に痛み入ります」

　すると秀吉は、私の機嫌を取るように顔をのぞき込むと、言いづらそうに言った。

「それで実は……明日のことで家康殿に、ひとつお願いがあるのじゃが」

「なんでございましょう」

「儂にはひとつ、大きな悩みがあってな。それは儂の賤しい出自じゃ」

「はあ」

　どう返事をしてよいのかわからず、私は言葉を濁した。

「儂は関白として、帝のご意向を国中の大名どもに威風をもって伝えねばならぬ立場にある。だが、儂はしょせんは百姓あがりの成り上がり者。心の底ではやはりどこか、諸大名に舐められておる」

「いえ、決してそのようなことはございますまい」

「いや、ある。そこで家康殿にお願いなのじゃが、明日の会合の最初、儂から家康殿にお声がけをするので、少し慇懃に挨拶をしてくれまいか」

そう言って秀吉は申し訳なさそうににっこりと微笑んだ。その愛嬌ある笑顔に一瞬だけ心を許しそうになる。私は慌てて、この男のこの笑顔は違うのだ、絶対に信じてはならぬと強引に気持ちを引き締め直した。

「言われずとも、そのようにさせて頂く所存にござります」

「おお。それはかたじけない。家康殿は天下一の律義者として名が通っておられるし、海道一の弓取りと称されて声望も高い。そんな家康殿が儂に挨拶したとあらば、信長様以来の侍大将どもも、ようやく儂のことを心から主人として認めてくれよう。貴殿のお心遣いに心から礼を言うぞ、家康殿」

ここまできたら否も応もない。そもそも私は服従の意を示すために来たのだ。軽く秀吉に頭を下げれば、このくだらぬ儀式は終わる。ただそれだけのことだ。

それなのに秀吉は、頭を下げるつもりでやってきた人間にわざわざ前日の夜に会いにきて、自分の弱みをさらけ出し、相手を持ち上げた末に「皆の前で頭を下げてくれ」と丁寧に頼んでいった。その意外な姿に私は、そういえば秀吉とはこういう男であったと、いまさらのように思い出していた。私の誇りもこれで、ほんの少しだけ満たされた。

これが秀吉だ。こういう細やかな気遣いができるからこそ、この男は名もなき百姓から身を立てて、あの気難しい信長様の機嫌を損ねることもなく、多くの味方を作って関白の地位まで登り詰めたのだ。

私はこの男に合戦では勝ったが、戦では勝つことができなかった。それも当然のことかと、私はここで初めて、ほんの少しだけ羽柴秀吉という男を見直した。

翌日、私は大坂城の本丸御殿の大広間にいた。

私は、居並ぶ大名たちの中で筆頭の席を与えられた。私が座っている少し先、一段上がった場所に秀吉の座布団と脇息が置かれているので、私は秀吉の真正面に相対することになる。

関白殿下のお成りを伝える小姓の呼び声がかかり、大名たちは一斉に平伏する。私も頭を下げていると前方に衣擦れの音が聞こえて、秀吉が着座したことがわかった。頭を上げよとの合図が出たので、視線を上げて秀吉のいるほうを見る。

一段上の席から大名たちを睥睨する秀吉の姿は、昨日会った時よりもひと回り大きく見えた。金襴緞子《きんらんどんす》の羽織に、濃紺色の錦の袴。決して恵まれた体軀ではないのに、派手な装束にも決して位負けしないその堂々たる姿は、己の力で天下を制した男だけが有する威厳と迫力に満ちていた。

この感じ、信長様と同じだ――

私は思わず息を呑んだ。かつては徹底して腰が低く、卑屈で醜悪にも思えるほどに他人を立てていたあの秀吉が、天下取りに向けた争いの中で散々に叩かれ、磨かれていくうちに、いつの間にか信長様と同じ威風を身につけていた。

これは、勝てぬ――

すると秀吉は、ゆっくりと一同を見渡したあと、重々しい声で私の名を呼んだ。

「徳川権中納言、家康殿」

「ははっ！」

自分でも驚くほどに畏まった声で、はきはきと返事をしている己に気づく。私は昨日秀吉に言われたとおり、軽く頭を下げて二言三言、挨拶の言葉を述べようとした。

「関白殿下におかれましては、まことに――」

「大儀であるッ！」

――え？

いきなり秀吉が、私の挨拶を遮って強引に言葉を挟んできた。

虚を衝かれた私がキョトンとした顔で一瞬言葉を止めると、その隙を突くかのように、秀吉が間髪を入れずに大声で勝手な言葉をねじ込む。

「此度は我が求めに応じて、この大坂城までまかり越してこの儂に進んで臣下の礼を取ったこと、その殊勝なる心掛け、誠に天晴であった！」

「な……」

それではまるで、私が嬉々として秀吉に膝を屈して、家臣にしてくれと自分から頼んできたかのような言い方ではないか。

私は驚愕した。ちょっと待て話が違う、お主は自分の母親を人質に出してまで――と私は言葉を発しようとしたが、その間も与えず、満足げな口調で秀吉は大声で宣言した。

「かようなる徳川殿の忠義の心に、この関白秀吉、いたく感じ入った！　それゆえ帝に上奏し、家康殿には正三位が叙位されるよう取り計らっておいた次第である。これより上洛して帝のご譲位の式が執り行われるが、その時にはくれぐれも、朝廷への礼を欠かさぬよう取り計らうように。よろしいか！」

よろしいかも糞も、あったものではない。

事前に何も聞かされておらず、頼んでもいないのに勝手に斡旋された正三位など、逆に迷惑でしかない。だが、何十人もの大名たちの目が一斉に私に注がれているこの場で、朝廷をないがしろにするような、そんな過激な言葉がとっさに出てくるはずもなかった。

少しばかり秀吉に心を許してしまい、どうせ形だけの挨拶をするだけだと気を抜いていた私は、意表を突かれてただ戸惑い、気の抜けた声で、

「ははっ。ありがたき幸せにござります」

と答えて秀吉に頭を下げることしかできなかった。

そして、その無様な様子はその場に居合わせた多くの大名たちの脳裏に深く刻まれ、秀吉が完全に私を屈服させたということが、名実ともにこれで確定したのだった。

冬晴れの空には雲ひとつなく、ひたすらに青く、そして静かだ。

高く上がらぬ十二月の太陽は、まだ昼時だというのにまるで夕方のようにまぶしく、浜松城の眼下に広がる黄色い枯野原をきらきらと照らしている。

私は明国《みんこく》から取り寄せた様々な薬種を調合し、薬を作っていた。(注9)

これは若い頃からの私の趣味である。各地から取り寄せた本草と医術の本で研究を重ね、己の体質に合った配合を編みだしては、自ら薬を調合して毎日飲むのが私の健

康の秘訣だ。

傍らに酒井忠次が腰かけて、私が作業する様子をぼんやりと眺めながらしみじみと言った。

「なんだか、京からお戻りになられてから、殿は雰囲気が変わられましたな」

「そうか？」

「ええ。何やら得体のしれない凄みが出たというか。とにかく、目指すべきものがはっきりして、どこか迷いが吹っ切れたような、そんな感じがいたします」

「何も変わっておらぬよ」

干した草の根やら樹皮やらの薬種を砕いて粉末にするのはかなりの力仕事だ。板張りの床に薬研(注10)を置き、薬研車に全体重をかけてゴリゴリと押し潰す。冬なのに汗がじんわりとにじんできた。

一心不乱に薬作りに取り組む私を横目に、忠次がぼそりとつぶやく。

「長生きをしようと、お考えでございますか」

「なぬ？」

思わず薬研から顔を上げて忠次の顔を睨んだが、忠次は何食わぬ顔をしてそっぽを向いている。

「いや、最近は遠乗りに行かれる回数を増やされたり、毎日城内を歩き回られたり、足腰の鍛錬にずいぶんと力を入れておられるようですし。その薬も、以前よりもずっと熱心に、京や堺から材料を取り寄せては色々と試されておられますので」

「ふん。私も無理の利かぬ歳になってきたからの。養生せねばと思っただけじゃ」

「はあ。なるほど」

付き合いの長い忠次はすべてを心得てそれ以上は踏み込んでこないが、これは完全に見透かされておるな、と私は心の中で苦笑いした。


かつて、長い年月を共に過ごしてきた男が私に教えてくれた。

いまでこそ秀吉の天下は盤石に見えるが、秀吉には子がいないし、奴ももう五十になる。この先五年後、十年後に羽柴家と秀吉がどうなっているかなど、誰にもわからないと。

その男は真意もわからぬままに私のもとを去っていってしまい、現在は敵方にいる。だが私はいまでも、それを怨んだり憎んだりする気にはなれない。

いまになって思えば、あの男はひょっとしたら、私と徳川家が早まって秀吉に戦を仕掛けてみすみす自滅するのを防ぐために、敵方に寝返って我が軍の秘密をすべて洩らしたのではないだろうか。都合のよすぎる解釈だと他人には笑われるだろうが、私にはそうとしか思えないのだ。

結局その後、我が徳川家は丸裸になってしまった軍制をすべて改めざるを得なくなった。どうせ改めるのならばと、私はこれを機に武田流の先進的な軍制を取り入れ、しがらみだらけだった古い制度は一掃された。おかげで我が軍は以前よりも格段に動きやすくなり、むしろ以前より強くなったのではとすら感じる。

もし、そこまで見越して出奔したとしたらとんでもない慧眼だが、あの男ならば決してあり得ない話ではない、と私は思っている。

「数正……お主がつないでくれたこの命、決して無駄にはせぬぞ」

私は、忠次に聞こえないような小声でそうつぶやくと、薬研車を押す手に力を込めた。

だから私は、絶対に長生きをしてやると決めたのだ。

秀吉の奴も、どんなに悪運が強かろうと、寿命はせいぜい六十五かそこらだろう。その時の私は六十。そこからの十五年こそ、私の天下取りが再び始まる時だ。そのためには還暦どころか、古稀でも寿命が足りない。足腰を鍛え、徹底的に養生して、私は必ずや七十五まで生き永らえてみせる。

そんな私の決意もすべてお見通しの忠次は、何も答えようとしない私におかまいなく、陽気な声で軽口を叩いた。

「しかしまあ、私も今年で還暦にござりますが、殿がこれでは、当分隠居もできそうにありませぬなぁ。おちおち死んでもいられない」

「……」

「それにしても、殿のお心にここまで火を点けてしまうとは、秀吉殿も大坂城でずいぶんと大きな過ちを犯されたものですな。ハハハハハ」

「……大坂城？」

その言葉を耳にした途端、あの日、大坂城で秀吉から受けたまさかの不意打ちが私の脳裏に鮮明に蘇ってきた。

前日に優しい言葉をかけて私を油断させておくことで、まんまと私に、諸大名の前で無様な姿を晒させることに成功した秀吉。

これでもう、徳川はその身だけでなく、心までも完全に羽柴の傘下に入った。いまさら私が反秀吉の烽火《のろし》を上げたところで、もはやなんの迫力もない。


断じて許さぬ、あの猿野郎。

この借りはたとえ何年後になろうとも、絶対に返すからな。

この私をコケにした報い、必ずや、何倍にもして返してやる――

「……と、殿⁉」

それまで目を細めて私の様子を眺めていた忠次が、急に顔色を変えて戸惑いがちに声をかけてきた。

ゴリ……ゴリゴリ……ゴリッ……

私は薬研車に全体重を乗せて、なかなか砕けようとしない薬種を押し潰そうとした。いくら力をかけても割れない硬くてしぶとい塊に、ふと秀吉の姿が重なる。

「許さぬ……決して許さぬぞあの猿野郎……秀吉……秀吉ィィッ！」

「殿！……ちょ、ちょっと殿ォ⁉」

「この報い……この報い、必ずやッ‼」

そして私が渾身の力を薬研にぶつけたその瞬間、頑丈そのものに作られているはずの薬研車の軸が、ミシッという音と共に裂けた。それで体勢を崩した私は思わず前方につんのめって、もの凄い音とともに板張りの床に頭から突っ込む。

「殿！　殿！　しっかり！」

そう叫んで泡を食って駆け寄ってきた忠次が、私に聞こえないような小声でぼそっと「まさか、ここまで……」と呆れたようにつぶやいていた。

（了）

用語解説

1 烏帽子親　元服の時に烏帽子をかぶせる役を務める人物。
2 乳兄弟　主君の乳母を務めた女性の子。兄弟同然の深い間柄とされた。
3 祐筆　文書や記録の作成を司る役職。
4 枚　馬が鳴き声を出さないように口に咥えさせた棒のこと。
5 母衣　甲冑の背につける幅の広い布で、風をはらませて矢などを防ぐ。
6 脇立　兜の左右につける飾り。
7 馬出　城の出入り口を守るための土塁。
8 黒母衣衆　織田信長軍の精鋭部隊。目印として黒い母衣を身に着けた。
9 本草　植物学。
10 薬研　薬種を砕くための器具。舟形の薬研に薬種を置き、薬研車で磨り潰す。

あとがき

関ケ原よりも熱い小牧・長久手の戦い、いかがでしたでしょうか？

今回の小説は私にとって、これまで書いた中でもっとも難産な作品でした。

というのも、小牧・長久手の戦いは、史実として残っている人物の行動が矛盾だらけで二転三転しているからです。秀吉も家康も、和睦に向かったかと思えば決裂し、戦っては退き、行動にふらふらと一貫性がなく、何度もぐらつきます。加えて「合戦に勝ったのは家康だが、戦いに勝ったのは秀吉」というわかりづらい決着を、いかに読者にわかりやすく伝え、かつエンターテインメントとして成立させるかという難しい課題を前に、私は何度も悶絶し、腹を掻きむしりました。

史料には、この日この場所でこんな出来事があったという結果は記録されています。しかし、なぜこんな出来事が起こったのか、少し前まで別の方向に進んでいた人物がなぜここで急に方針を変えたのかといった背景については、ほぼ何も記録が残っておりません。

ですので後世の我々は、書状などに書き残された内容から逆算して彼らの行動の理由を想像するしかないのですが、これには歴史学者たちも大いに頭を悩ませていて、様々な学説が並び立っています。しかも新しい史料が発見され研究が進むにつれて、有力とされている学説も少しずつ変化しております。

ですので、本作は記録に残っている出来事については可能な限り史実に沿うよう心がけて書いてはいるものの、登場人物たちがそれぞれの行動に至った動機や心情、人物たちの性格や関係性は、すべて私の創作であることをここでお断りしておきます（記録にない出来事を創作している箇所もわずかにあります）。

特に石川数正の出奔理由は、本能寺の変の理由と同じくらい何もわかっていない、戦国時代屈指のミステリーだと言えます。本作を書くにあたって他の小説家の書いた家康の小説をいくつか読んでみましたが、皆様それぞれ違った描き方をしていて面白かったので、読み比べて頂けると面白いかと思います。

そんなわけで、悶絶をくり返しながらなんとか本作を書き終えた私はいま、もう小牧・長久手のことなんて考えたくもないというくらいに燃え尽きております。

消し炭のようになりながら呆然と思うのは、やっぱりこの戦、とんでもなく面白い！ということ。

二人の天下人が勝利を目指して、迷走しながらも全力でぶつかり合う姿からは、偉大な天下人も我々と同じように迷いながら、間違いを犯しながら、苦しみつつ自らを成長させてきたんだなということを強く感じました。

そして、こんな面白い戦いが「複雑でよくわからない」などという理由で世にほとんど知られていないのは、やっぱりおかしい！

川中島の戦いは要するにただの地域紛争ですし、長篠の戦いは鉄砲の三段撃ちが使われた画期的な戦いだと昔は教わったものだけれども、いまは否定的な説が多くなっています。桶狭間の戦いだって、今川家の没落と織田家の興隆のきっかけとなった「一回戦」にすぎません。

小牧・長久手は秀吉の天下統一を決めた事実上の「決勝戦」ですから、もっと注目されていいはず。本作が注目され、この玄人好みのわかりづらい地味すぎる戦いに脚光が当たるようなことになったらいいなぁ、などと妄想を膨らませつつ、いまはただこの難産だった小説を完成させることができた喜びに浸っている次第です。

二〇二三年　三月

白蔵　盈太

本作品は歴史上の人物を題材としたフィクションであり、史実とは異なる部分があります。また人物造形は作者の想像により構築されております。

文芸社文庫

関ケ原よりも熱く
天下分け目の小牧・長久手

二〇二三年十月十五日　初版第一刷発行
二〇二三年十二月十五日　初版第二刷発行

著　者　白蔵盈太
発行者　瓜谷綱延
発行所　株式会社　文芸社
〒一六〇－〇〇二二
東京都新宿区新宿一－一〇－一
電話　〇三－五三六九－三〇六〇（代表）
〇三－五三六九－二二九九（販売）

印刷所　図書印刷株式会社
装幀者　三村淳

ISBN978-4-286-24681-9

［文芸社文庫　既刊本］

白蔵盈太
あの日、松の廊下で

浅野内匠頭が吉良上野介を斬りつけた本当の理由とは？ 二人の間に割って入った旗本・梶川与惣兵衛の視点から、松の廊下刃傷事件の真相を軽妙な文体で描く。第3回歴史文芸賞最優秀賞受賞作。

白蔵盈太
討ち入りたくない内蔵助

一生裕福で平穏だったはずの大石内蔵助の人生は、主君が起こした刃傷事件によって暗転する。利害と忖度にまみれた世間に嫌気がさしつつも一人踏ん張る内蔵助の「人間味」を描いた新たな忠臣蔵。

白蔵盈太
画狂老人卍　葛飾北斎の数奇なる日乗

奇人変人、でも天才。偏屈で一般常識など持ち合わせていない江戸の大絵師・葛飾北斎の破天荒な日常と、絵への尋常ならざる探求心とを、師匠に振り回される常識人の弟子の視点から生き生きと描く。

白蔵盈太
義経じゃないほうの源平合戦

打倒平家に燃え果敢に切り込んでいく義経を横目に、頼朝への報告を怠らず、兵糧を気にする自分の情けなさ…。知略家の兄・頼朝と、軍略家の弟・義経、二人の天才に挟まれた凡人、源範頼の生きる道。